a doença humana

Jefferson Martinelli

REVISÃO: Patricia Akemi Nakagawa
CAPA: Jefferson Martinelli de Oliveira

Martinelli, Jefferson [1992-]
    A doença humana / Jefferson Martinelli.
1ª Edição. 3ª impressão. – Columbia: Kindle Direct Publishing, 2019.
    88 p.

ISBN: 978-85-448-0308-0

    1. Conto brasileiro 2. Título

a doença humana

A Patê,
o primeiro livro
à primeira leitora.

To live is the rarest thing in the world.
Most people exist, that is all.
(Oscar Wilde)

Existe uma necessidade silenciosa de busca.

Não é como se eu procurasse algo definido, apenas procuro. E também procuram os outros. Sempre nos encontramos em um lugar que não se encaixa, em uma vida que não nos pertence; uma vida de inconformados que, na verdade, não vivem, simplesmente porque não conseguem chegar a tal ponto. E então buscam viver. E no caminho encontram estes pequenos momentos, pequenos interlúdios que se definem como uma chance de saciar a busca, de encontrar o que se precisa.

Quero te contar uma verdade entre tantas e tentar te explicar algo que eu não sei entender. Essas histórias são verdadeiras para mim, pois provam a existência de um mal que me destrói. E o que faço eu a respeito, te escrevo, te conto, tento te explicar que todos estes minutos significam mais do que realmente são.

Se serei bem sucedido em minha tentativa, não cabe a mim dizer. Apenas continuo buscando um significado para estes momentos, tão característicos de nós, tão sintomáticos de uma vida em que o aqui e o agora nunca satisfazem os desejos mais íntimos. Uma vida doente, que carece de muitas coisas, que foi iludida e desiludida tantas vezes que já não consegue mais enxergar o que está diante de si. Uma vida que busca.

diagnóstico

REFLEXÕES DA INFÂNCIA

Todo dia nos vemos na saída da escola. Todo dia ela chora.

– Por quê?

– Dói.

Sentir dor é algo que não sei explicar, só sei que dói. Um dia ela me perguntou se eu já havia me sentido assim.

– Uma vez quebrei a perna. Doeu.

Mas não foi o que ela perguntou. "É outra dor, aquela de dentro." Não, eu nunca senti. Dizem que pra sentir dor é preciso de outra coisa.

– Eu nunca amei.

– Mentiroso! – A acusação indevida veio e eu corei.

– Nunca me deixaram.

– Amor é sentimento, não se deixa amar. Ama-se.

Ela explicou, eu entendi, nada se resolveu, continuei sem amar.

– Já te amaram?

– Não sei. Acho que não... Você?

– Já.

Senti inveja. Quis que me amassem tantas vezes, mas nunca aconteceu. Uma vez perguntei se me amavam. "Não". Achei justo, também não amava. "Mentiroso!", a voz dela ecoou na minha mente e eu já não sabia dizer quem mentiu sobre o quê.

– Como é...?

– Amar?

– Também...

–É bom. Também é ruim. Não sei...

Decidi que não queria mais amar. Já tenho muitas confusões na minha vida pra querer algo assim. Falar de amor é tão complicado, sentir deve ser mais difícil. E tem a dor...

– Por que dói?

– Porque eu amo.

Senti inveja de novo. Eu queria amar e sentir a dor.

– Me ensina a amar?

– Amor é sentimento, não se ensina a amar. Ama-se.

– Mas como eu faço então?

– Não sei...

Ninguém nunca sabe nada, eu muito menos.

– Não quero mais amar.

– Por quê?

– Porque não quero mais sentir isso.

– A dor?

– Também...

O ônibus chegou, ela foi embora e eu fiquei lá, sentado, sem entender.

No dia seguinte, acordei decidido a amar. Fui dormir frustrado, encolhido na cama da casa quase sempre vazia e mal iluminada pela parca luz.

– Não sei amar!

"Mentiroso!". Talvez eu fosse mesmo, não sei dizer.

No outro domingo amei. Não sei como aconteceu, mas senti a coisa boa e a coisa ruim. Não sei explicar, mas decidi que tinha amado. Ainda amo. Acho.

– Ela te ama?

– Não sei.

– Você quer que ela te ame?

– Não.

– Por quê?

– Não vale a pena. Dói.

LUGAR NENHUM

Como em todos os outros dias da semana, ele se encaminhava para o trabalho usando um paletó preto, uma gravata listrada e um cinto de couro da mesma cor dos sapatos. Nos ouvidos, o fone tocava as mesmas músicas de sempre numa tentativa de criar movimento para as primeiras horas; e nas mãos vinha a maleta com qualquer coisa que fosse precisar naquele dia. O caminho também era igual: da casa para a estação, de lá para as grandes avenidas, para o intimidador edifício onde trabalhava. Devia ter percebido o quão ruim seria o dia quando suas chaves emperraram na fechadura enquanto tentava sair, novamente atrasado. Correu, correu e de nada adiantou: outro suicídio nos trilhos e mais um atraso. Talvez fosse hora de procurar um caminho alternativo, mas não hoje. Não acordara se sentindo espontâneo, como fazia em outros tempos adolescentes e descompromissados.

Esperou até que o trem voltasse a funcionar e amaldiçoou o falecido por atrapalhar seu dia. Uma reunião importante, um cliente que lhe traria muito dinheiro e nada que trouxesse um pouco de ânimo para seu rosto. Chamavam-lhe apático. Talvez com razão. Os olhos entediados que lhe encaravam na janela eram seus e nem mesmo a batida rápida da música trazia alguma mudança.

Enquanto o trem deixava a estação em direção a lugar nenhum, sentia a vida abandoná-lo aos poucos. Viu o rio, o mesmo de sempre, de todos os dias. Encontrava-se furioso depois da tempestade de ontem que ainda andava em resquícios pela cidade suja. As águas eram pressionadas pelo peso de um exército de mil homens que indagavam a ele a tormenta que lhe assombrava em todos os verões: por que corres? Por que sentia tanta necessidade em viver nessa pressa? Estava atrasado para alguma coisa? Para a vida que estava por começar em algum lugar que não era nunca ali? Que não era nunca ele?

O rio ficou para trás, correndo, e reparou no que estava ao seu redor. Havia um homem infeliz, um casal apaixonado, uma senhora cansada, um pai, um filho, uma mãe, um jovem preguiçoso. Muita gente, talvez pegasse o mesmo trem com eles todos os dias, não sabia dizer. Todos o incomodavam. Às vezes queria que a raça humana deixasse de existir: o mundo não seria um lugar melhor?, e não se excluía, pois se considerava o mais desumano entre os humanos. Já quis matar, já quis morrer, teve ódio mais que teve amor, e das dores já experimentou todas pelo menos uma vez. Talvez dissessem que isso o fazia humano, mas não é o que pensava. Olhou pela janela de novo na esperança de ver o apocalipse chegar para todos, mas viu apenas as nuvens que nublavam seu dia em restos de tempestade.

Espantou a revolta adolescente que lhe tomava a mente com a música que começou a tocar. Lembrava-lhe um antigo relacionamento, lembrava-lhe outro motivo para sentir dor. Tentou pensar na última vez que chorou e não conseguiu. Talvez nunca o tivesse feito, nem mesmo quando era um bebê. Talvez devesse perguntar a alguém da família como quem busca por uma certeza que não encontra em si.

Na estação seguinte, uma multidão entrou e não lhe permitiu mais pensar, conseguiu apenas, e com grande esforço, observar. Não encontrou mais o homem infeliz ou o casal ou a senhora ou a família ou nem mesmo o reflexo debochado de si mesmo no vidro sujo. Foi assim durante um tempo, as pessoas começaram a descer, outras a embarcar, e então saiu com a pressa de sempre. Os trilhos lhe encaravam ameaçadores e indagavam em tom de provocação: por que corres?

Por milagre quase divino conseguiu chegar a tempo. Estava quase sempre atrasado, sempre com pressa. De que exatamente não se sabe. Especula-se que seja da vida. Avistou o prédio do outro lado da rua e este o encarava de volta enquanto o semáforo lhe dizia para esperar. Quando a luz ficou verde, andou. Um, dois, três, quatro passos... a avenida parecia infinita. Cinco, seis, sete, oito. Parou no oitavo. A calçada do outro lado estava tão próxima, mas não conseguia alcançá-la. O número nove não chegou e nem chegaria, o farol mudou para vermelho e ele ficou lá, esperando se mover. A música que ouvia trazia uma orquestra para o seu momento, como se a dramatização o fizesse se tornar mais digno e menos patético em sua corrida frustrada.

Os carros buzinavam e ele perdera a capacidade de se mover. O prédio o encarava da mesma maneira que os trilhos, que o rio, que o antigo amor, que a família... Encontrou nas janelas um olhar que não pertencia a ninguém, mas que o chamava com desespero.

O reflexo que via nas vidraças não lhe mostrava os carros, a rua, as pessoas, o levava de volta ao trem, exceto que não se sentia mais em movimento ou protegido por todas as camadas de metal e ar-condicionado. Dessa vez via-se com os pés nos trilhos, sentindo o ferro quente nos pés, aquecido pelo sol que se mostrara terrivelmente e agora zombava-lhe. Podia ouvir o rio a poucos metros. Quis esperar. Quis se mover. Ouviu claramente uma buzina forte que não soube dizer se era de carro ou de trem. Fechou os olhos.

Sentia-se desprotegido. Algo se aproximava dele, o som da buzina se misturava ao da música cada vez mais alta, a voz lhe cantava que fosse, corresse, deixasse. Sua mente parecia funcionar na velocidade do trem que se aproximava ou dos carros que freavam próximos demais de seu corpo inerte. Invejava a velocidade com a qual o rio corria para longe dele e da buzina, da música, do trem, das pessoas que embarcavam, da...

Não se lembrava mais onde estava, mas ainda se encontrava parado, a posição dos pés indicava que estava andando há um segundo interrompido. O mundo ao seu redor também não mais se movia, a música parara e a única certeza que tinha era de que o tempo passava mais depressa ali onde estava do que no asfalto. O céu estava escuro, as nuvens ainda lá, o Sol não. Meia-noite, talvez. Não havia mais ninguém além dele, nem mesmo o prédio, nem mesmo o rio. Ele. Somente ele. A companhia de si mesmo nunca foi a mais agradável, mas sabia que não poderia se mover, da mesma forma que sabia que o trem não chegaria ao seu destino ou que o rio jamais pararia de correr.

Quis que o tempo passasse em torno de si, quis o sol, quis a chuva, quis uma mudança de ares, mas em resposta obteve a buzina alta de carro-trem. Cada vez que soava, seus pensamentos eram perturbados e trazidos à tona. Ele tentava escondê-los. Sempre tentou e sempre fracassou. Enterrar os mortos não era tarefa fácil, mesmo que o defunto em questão não vivesse de verdade como quem respira. Não, esse morto vivia de outro jeito, de um jeito mais perturbador, um jeito de rio que corre sem parar, sem parar. Mas então para. Como quem não quer nada, para. Assim, de repente mesmo. E quando para, revive.

Em outra ocasião, quando tinha uns sete anos, também parara. Não havia rio perto, trem, prédio, semáforo. Era só ele e seu avô. No lugar do rio, a casa velha com o telhado que gritava cada vez que o vento lhe sussurrava: por que corres? Estava sentado no sofá maior e o avô, na poltrona. Tradição dominical de assistir TV. Acabou a luz. Tempestade. O pai e a mãe demorariam a chegar, e ele tinha medo do escuro. O cachorro velho, pobre coitado, uivava a cada trovão.

Depois de algum tempo, o cachorro se calou e o silêncio penetrou seus ouvidos, segurando com suas mãos trêmulas o coração do menino que chamava pelo avô – um homem que se destacava do estofado de couro preto com sua pele pálida, que reluzia ao eco silencioso do cão e jazia entre a TV desligada e o menino de coração apertado.

Ali chorou, lembrou-se. Não precisaria mais perguntar a ninguém. Não tinha ninguém, percebeu. Desde aquele dia sentia as mãos frias do silêncio ao seu redor, as mãos que lhe guiavam do trabalho pra casa, pro trabalho novamente. As mãos que lhe cegavam e lhe calavam. Silêncio. E então o barulho do rio, da senhora cansada pedindo que lhe cedessem o lugar e dizendo muito obrigada que deus te abençoe, o barulho dos carros, o ruído das pessoas, dos trovões, o uivo distante, a buzina.

Encarara o avô morto por três horas antes que o cachorro parasse de uivar e que alguém chegasse. Agora encarava o prédio e todo o nada que se estendia através dele. Talvez dessa vez durasse dias, meses, anos, não sabia se sairia dali. Não podia se mexer. Quis então permanecer ali, apenas aguardar que o sol voltasse e risse dele novamente.

Outro barulho acompanhou o novo ressoar da buzina. O rio voltara a correr. Ele ofegou assustado como quem acorda de um pesadelo terrível no meio da madrugada. Estava ainda no escuro, mas agora podia andar até o outro lado. Da rua? Não sabia. Caminhou. Por fim, encontrou um cachorro esperando por ele. Não latia nem uivava, apenas observava-o. E ele observava de volta. Esperou, por algum motivo, que o cachorro começasse a falar, que lhe dissesse que estava morto, ou que tudo era um sonho de mau gosto. Não sabia qual das duas opções lhe apeteciam mais. As mãos que o guiavam desde a poltrona o chamaram e ele obedeceu, como fazia desde que podia se lembrar.

Caminhou. Podia ouvir o rio mais perto, o trem chegando na estação, ele parado no meio da avenida. Os carros buzinavam para o homem pálido que estava ali. Ofegou novamente. Estava suado, exausto, a cabeça doía e os carros buzinavam. Por algum motivo, um cachorro latiu ali perto e o rio continuou a correr. Atravessou a rua, entrou no prédio ainda atônito. O porteiro perguntou se estava bem. Não soube responder com sinceridade, apenas fez que sim com a cabeça. A respiração ainda estava forte quando entrou no elevador, por sorte, vazio.

As paredes ali eram espelhadas, podia ver-se terrivelmente por inteiro e percebeu que a presença das mãos trêmulas do silêncio ainda estava ali, guiando-o, apertando-lhe o coração, esperando pelo momento em que dariam o toque final e se explodiriam no seu sangue gelado e silenciado. Soube que só então se veria livre delas, livre do silêncio que o levava de andar a andar. Talvez essa fosse a hora. O elevador podia cair, ele podia ir até o último andar e se jogar, acabar ali, de volta ao asfalto que o segurara por minutos eternos. Ele podia...

A porta se abriu e ninguém entrou. Continuou tentando decidir e então foi empurrado para fora pelas mãos frias quando chegou ao oitavo andar. A reunião começaria dali a poucos minutos, ele não teve muito tempo para se preparar, mas teria que ser assim. Sempre teria que ser assim. Conformou-se.

PERNILONGOS

Ele acordou no meio da noite com vontade de matar pernilongos. Vontade de matar; matar sentimentos e coisas. Nem ele próprio se entendia, quanto mais eu. Os bichinhos ficavam zumbindo, lamentando a desgraça do mundo. Coitados. Coitados? Coitado de mim. Eu sofria a desgraça do mundo e a minha própria. E não havia ninguém pra me pegar no ar e esmagar a dor sentida. Agora coçava. A criatura sugara o sangue e levara consigo algo mais. Algo ruim? Nunca, infelizmente. Ele realmente queria matar pernilongos e eu queria me juntar a ele, mas éramos como um e nenhum de nós sabia matar. Ou sabia? Pelo menos tinha a vontade para começar. Mas quando o sangue impuro escorria dos corpos mortos para a pele seca da sua mão ele sentia algo. Algo bom? Nunca, infelizmente. Não era nojo, não era dor, nem sentia pena do pobre pernilongo. Sentia tristeza por si mesmo. Porque naquele momento tinha poder, naquele momento era só ele e um inseto numa batalha por sangue e morte. E ele venceria. Uma vez, venceria. O zumbido continuava incomodando e ele decidira agir. Finalmente. Os olhos de ambos estavam atentos. Sangue seria derramado naquela noite. Suas mãos alcançaram o pernilongo a tempo de vê-lo dizer adeus e voar rumo ao dia seguinte que se anunciava distante na janela. Falhara. Novamente. Parte de nós morreu naquele momento; ele tentou, nós tentamos. Nunca mais o faria, jurou. Apenas viveria, com medo de matar e da morte e do sangue que lhe fora sugado. O pernilongo voltara na noite seguinte e em todas as outras para levar o sangue como seu prêmio pela vitória. Sempre levava consigo algo mais. Algo ruim? Nunca, infelizmente.

HORÓSCOPO

Seus dias começavam assim: entrava naquele site e via o que estava acontecendo no mundo. Não queria mais ser desligada, precisava saber o que afligia as outras pessoas, já que não conseguia saber o que lhe afligia. Era aflita mesmo, sempre tinha sido, desde pequena. Depois de se informar dos desastres da humanidade, clicava no menu esotéricos > horóscopo > libra: e então seu dia era definido. O que lá estivesse profetizado se concretizaria mais cedo ou mais tarde. Seus dias terminavam com ela refletindo sobre por que nada do previsto acontecera e com ela se culpando e fechando os olhos, dando boa noite ao quarto vazio.

Essa é Heloísa. Traçar o seu dia não é difícil, mas descrevê-la é impossível, tentarei assim: era um clichê. Pronto. Agora que está aí, imaginada e escrita, deve ter se tornado real. Sempre quis que Heloísa fosse real, vivendo sua vida com uma orquestra tocando ao fundo enquanto ela corria pela rua, seus cabelos ao vento, indo de encontro ao mr. right, como aprendera bem no cinema.

Vivia sua vida como mocinha de filme, mas de filme solitário, monólogo de si à meia luz, em preto e branco no mundo em cores. E vivia bem desse jeito. Até que um dia decidiu que as coisas não estavam bem. Momento desses que acontecem meio em vão em meio à vida. Estava cansada do filme, queria uma mudança repentina naquela película que não era dela, nem de outros. O horóscopo então lhe disse: O caminho não é este que lhe apontam. Dia propício para novos projetos.

Na quarta-feira em que finalmente parou, olhou para a vida e disse um suave mas sonoro "não", decidiu visitar uma vidente. Disse que foi por acaso, que o destino a levou lá. Se perguntassem à vidente, esta confirmaria. A mulher que tudo via, do passado, presente e futuro da vida e do além-vida lhe disse o seguinte:

– Você sofre por amor – falou com confiança e clarividência.

Falou errado. Heloísa saiu de lá desolada, enganada, sofrida, ela não queria saber de amor. Não conseguia sentir ela mesma para sentir amor.

A vidente repetia em sua mente:

— Você espera por alguém e ele está chegando. Você irá conhecê-lo daqui a treze dias.

Sempre acreditou no destino, nos astros, nos deuses, nas forças que comandam nossas vidas, mas por que tudo lhe falhava agora e nada a satisfazia?

Viveu sua vidinha normalmente como uma atípica Julia Roberts nos treze dias que se seguiram e até assistiu novas comédias românticas, como uma viciada em heroína que ainda sonhava. Nenhuma resposta veio, então decidiu ir buscá-la. Talvez a vidente estivesse certa e fosse tudo amor; sempre é assim nos filmes, não é? Não sabia, apenas saiu e sentou-se na calçada. Imaginou de quantas formas diferentes as coisas poderiam acontecer: um esbarrando no outro, um pedido de informações, o dono passeando com seu cachorro... as possibilidades eram muitas.

Ficou ali vendo as pessoas passando, eram homens, mulheres, cachorros abandonados, eram vidas passando, ela passando em filme, ainda não entendia o que faltava. Entrou, deu pause no seu filme, dormiu.

No dia seguinte, a página inicial trazia as mais diversas notícias: final de campeonato, outro político corrupto, a atriz famosa que se divorciou do cantor famoso, protestos no centro da cidade, um atropelamento matara um homem ontem à noite ali perto, atriz dá sua fórmula para manter a boa forma, cientistas dizem que comer terra faz bem, e então sua dose, que dizia:

— Boas oportunidades no trabalho. Aproveite o dia para retomar projetos antigos. Atente para problemas no relacionamento.

Fechou a janela do site e voltou ao seu filme.

ENGANO

Estava bem e de repente não estava, bastou a lembrança. O que causou tudo isso? Um vaso. Banal, mas verdadeiro. Talvez devesse dizer que foi o detalhe azul na borda, pra ser mais exato. Mas a exatidão nunca me pertenceu. O detalhe azul não me lembrou do olho de ninguém, nem do mar, nem do céu. Me lembrou da casa, das paredes descascadas, do vazio e do dia em que eu desisti.

Era uma terça-feira e estava chovendo. Tudo estava igual, incluindo minha incapacidade de sorrir e meu desejo desesperado de morrer. Eu me olhava no espelho enquanto tentava decidir se havia chegado a hora e, antes que pudesse atingir qualquer conclusão, o telefone tocou. Era engano, sempre engano. Olhei para o homem do espelho esperando um sorriso de despedida, mas este não veio. Nem a despedida. Me faltava coragem ou esta me excedia, nunca consegui entender. Por fim, adormeci e acordei algumas horas depois na mesma terça-feira. Novamente o telefone, dessa vez não era engano:

– Alô?

– Alô? Eu gostaria de falar com o senhor Emanuel.

– Quem gostaria?

– Aqui é... – a ligação caiu.

Esperei o retorno que nunca aconteceu, assim como o sorriso. A vida toda esperei pela ligação que não fosse engano e quando ela veio, se foi. Assim. A suavidade da voz ao telefone jamais seria encontrada e o que ela traria consigo também fora perdido. Para sempre, como o sorriso e o retorno. Assim eu pensava.

E assim eu estava certo, talvez pela primeira vez. Ao fim de uma semana, desisti. Gostaria de dizer que, no momento seguinte ao que desisti, tudo aconteceu, mas nunca é desse jeito. Desisti e pronto. Saí da casa das paredes azuis com apenas uma ideia: só atenderei ligações que forem engano. Faria voz diferente, teria quantos nomes fosse preciso. Viveria para atender ligações. Fui José, Luciana, Cláudio, Susana, Paulo e Rosângela.

Dizem que o Emanuel morreu sozinho num quarto azul olhando pro espelho. Outros dizem que ainda está por aí, desistindo. Eu nunca o conheci, assim como o sorriso e o dono da voz. Se me perguntassem, diria que é alguém inventado só pra sentirem falta. Mas ninguém sente falta. Nunca sentem.

Estava quase pegando no sono quando o telefone tocou:

– Alô?

– Alô? Eu gostaria de falar com o Emanuel. É urgente.

– Não tem ninguém aqui com esse nome.

FUTURO

Pela vigésima vez em sua vida, acordara no dia 23 de junho. Dessa vez, com um pensamento fixo na cabeça: o futuro. Complexo demais para qualquer um antes das oito da manhã, mas se tem algo que Augusto aprendeu ao longo de sua vida foi que não se pode controlar a mente.

Seus olhos estavam vidrados no teto acima da cama enquanto seu cérebro trabalhava. Levantou-se e fez seu ritual de todas as manhãs sem conseguir relaxar o pensamento: amanhã, semana que vem, ano que vem... Onde você se vê daqui a 10 anos? Ele, certamente, não tinha resposta para aquela ou qualquer outra pergunta que envolvesse algum momento que não fosse passado ou presente.

Viveu seu dia como outro qualquer, fez tudo o que lhe era esperado. Ao chegar em casa, foi direto para seu quarto, sentou-se na cama e esperou que o lugar que lhe trouxe as perguntas lhe traria as respostas. Enganou-se.

O relógio não parou enquanto ele tentava encontrar uma solução para o que o atormentava. Eram quase três da manhã quando enfim teve uma ideia. Faria uma lista. Estúpido, mas melhor que nada.

Quase duas horas e cinquenta e três itens depois, ele terminara. Havia tanto o que fazer, talvez devesse começar agora, mas o que faria durante a madrugada? Dormir seria mais apropriado e foi o que fez.

Por sorte, era sábado e ficou na cama até quando pôde. Acordou com a lista a seu lado. Cinquenta e três coisas a se fazer. Algumas demorariam anos, outras poderiam ser feitas agora. Decidiu adiar, era jovem, tinha tempo.

A lista foi parar na gaveta, guardando suas vontades por um ano, até ser encontrada no vigésimo primeiro dia 23 de junho de sua vida. Como era de se esperar, nenhum daqueles objetivos havia sido cumprido, portanto, resolveu adicionar novos, totalizando sessenta e oito coisas que jamais faria. Em sua defesa, ele tentou realizar pelo menos um de seus desejos, o mais importante.

Era o primeiro da lista: viver um grande amor. Inspirado naquelas tantas histórias, sabe? Augusto sempre foi romântico, mas jamais foi capaz de ter um relacionamento considerável. E considerava apenas aquilo que se encaixasse em outra lista que o dizia exatamente o que era válido em sua vida e o que não era. Os itens baseados em qualquer coisa que viu ou ouviu, em qualquer experiência longe de ser sua.

A quase realização de seu desejo mais verdadeiro aconteceu no ano seguinte, a lista agora tinha setenta e nove itens e se mudara da gaveta para a mesa de cabeceira. Parece que ele realmente queria fazer o futuro acontecer.

Eles se viram pela primeira vez no bar que ficava na rua de cima, pensou ter se apaixonado ali, naquele momento. Nunca teve certeza. Iam sair juntos no vigésimo segundo dia 26 de junho da vida dele, mas Augusto morrera três dias antes.

ANSEIOS

Ela entrou no quarto exausta. Deitou-se ao lado do marido desejando o fim do dia mais intensamente do que jamais quisera algo. Sentiu a mão dele percorrer seu corpo, sabia o que queria. Disse que estava com dor de cabeça, mas ele insistiu, percebendo a mentira tantas vezes repetida. Acabou cedendo e sentindo nojo, do marido e de si própria, enquanto as mãos dele tocavam aquele corpo cansado.

Acabou rápido, ele virou e dormiu. Ela limitou-se a olhar para o teto, na esperança de que desmoronasse para que pudesse ver as estrelas que não estariam lá no céu nublado e poluído. Virou-se e encarou o marido dormindo. O que aconteceu? Perguntou-se se ele já sentira dentro de si o mesmo que ela, se já experimentara o sentimento mais profundo e mais verdadeiro que se pode ter: o sentimento de morte.

Não era bem matar; matar era fácil. Nem mesmo morrer, o que seria mais difícil, mais internalizado; mas não. Era um desejo profundo de que a morte abrisse a porta e viesse abraçá-los, tocar suas peles nuas, ainda suadas do sexo sem vontade. Que os acariciasse com suas mãos secas, de assassino sem sangue, esquelético. E ao deitar-se ali cantasse uma canção de sons pacificadores, de vozes atormentadas que de alguma maneira lhe dissessem que um dia fica bem: morre-se.

O ronco leve de seu marido despertou-a de sua intimidade. Eles estavam ali, os dois respirando. Talvez esse sentimento significasse mesmo que ela devia matá-lo, afinal de contas, o que mais seria? A morte não lhe cantaria canções de esperança, mas talvez se o matasse, ela existiria. Teria finalmente a determinação para levantar-se da cama, sufocá-lo e então viver. Apenas viver, sem rumo, sem esperança.

Levantou-se. Ensaiou uma ida ao banheiro, até fingiu estar apertada andando com as pernas bem fechadas e os pés inclinados para dentro. Sua plateia inexistente a aplaudiu. Pegou o travesseiro e deu uma última olhada em seu outrora querido cônjuge. Quis sussurrar "eu te amei", mas desistiu, achou melhor não mentir em hora tão derradeira. Suas mãos secas se aproximavam dele, o travesseiro em sua posse, seus olhos estavam vazios e sua boca salivava com o desejo ínfimo da morte dele.

A poucos centímetros do rosto quase pacífico dele, ela parou. Ele roncou mais alto, ela relaxou. Em seu sonho, o marido imaginava-se num lugar longe dali, em outro continente, talvez na Europa. A cidade reluzia e era tudo muito belo, nevava. Ele aproximava-se da janela de vidro que permitia que todos o vissem ali, desnudo, desintegrado de todo o resto, no apartamento de mobília moderna. Abriu-a. O vento lhe cortava o rosto, as lágrimas e talvez até mesmo as últimas emoções vazias que ainda lhe restavam. Atirou-se. Nos eternos segundos que o levaram à tão sonhada morte, não pensou na esposa, nem em suas posses, nem mesmo viu sua vida diante de seus olhos, viu apenas morte. E desejou-a. Lembrou-se dos minutos antes de dormir, do sexo sem graça, só por fazer e satisfazer seu eu humano que vivia e devia ser viril. Talvez fosse bom o sexo com a morte, ela nos dá paz. Quando finalmente atingiu o carro preto moderno, caríssimo, que o estilhaçou lá em baixo, caiu num sono profundo, sem sonhos, sem vida, sem morte.

Ela ainda o encarava. Naquele minuto ainda se sentia esposa, viva, controladora, tinha a vida dele em suas mãos, em suas unhas esmaltadas com um vermelho desgastado. Abandonou o travesseiro e seu instinto. Voltou para a cama sem ir ao banheiro, sua plateia decepcionou-se. Uma fina gota de suor atravessou-lhe o rosto. Enfim sonolenta, dormiu. Sonhou que seu vizinho havia se jogado de um prédio. Riu-se toda por dentro.

Quando acordou na manhã seguinte, foi tomada por uma necessidade violenta: uma vontade de viver, se assim pudesse dizê-la. Sentiu-se vendida, desalmada. Na noite anterior, flertara com a morte, se entregara, dera tudo de si e então recuou, fingiu, dormiu e acordou vivendo. Ele também vivia, assustado, triste por ter apenas sonhado, por morar numa casa térrea naquele lugar, por ainda viver. Lembrava-se saudoso de seu sonho, dos segundos da queda, do prazer que sentiu. Pensou que morreria tendo um orgasmo, não porque morreria no ato sexual, mas por causa do prazer intenso que a morte lhe traria com as mãos ossudas arrancando-lhe a vida.

Sentaram-se para tomar café com olhares melancólicos, sem vontade. Ela tentava reprimir sua nova necessidade, ele apenas tentava relutantemente sobreviver.

PASSATEMPO

As horas caminham lentamente, continuamente, sempre as mesmas enquanto canta uma música no chuveiro, total de cinco minutos e quarenta e oito segundos, ainda não era sete da manhã. Depois chora na frente do espelho embaçado pelo tempo que perdera, agora por perder, a vida, por perder. Deixa-se sentir a nudez reveladora e o valor das horas na pele envelhecida, ele mesmo sendo um amontoado de células mortas. Senta-se à mesa posta, toma café, logo já indica sete e meia o relógio tic-tac-tic-tac, morde as torradas num total de quinze vezes, mal mastiga, engole com pressa, ferindo a garganta já ferida pela voz ou falta dela. Sai de casa sem contar os passos, permitiu-se o desligamento temporário e então trabalha no número cinco mil e quarenta e dois daquela avenida, no oitavo andar, a porta da direita, sua mesa a terceira contando da janela pra porta, senta-se num ângulo de noventa graus em relação à parede.

Olha para o relógio.

Seus ponteiros andam preguiçosos, como os batimentos daqueles que os olham. As horas não passam e ele apenas continua encarando-o, quase em tom de ameaça. Queria que o dia acabasse logo, mas ainda estava na metade: meio-dia. O motivo da pressa lhe era obscuro, apenas queria que terminasse porque as coisas terminavam, ou deveriam, mas não sem antes um arrastado e agonizante choro no leito de morte – não deixe que eu me vá sem antes – doze horas e onze minutos. Volta sua atenção ao que estava fazendo, mas não dura, porque não dura; termina. Meio-dia e treze. Não está de mau humor, é impaciência pura, mas sem a pureza necessária para que o tempo consiga passar. Só que passa, ele mesmo não é só ele mesmo: um aglomerado de células envelhecidas, cicatrizadas, pulverizadas pela ação do tempo que também é vida? Olha para o computador, para os papéis, para o relógio: meio-dia e vinte e um. Em algum momento pretérito-mais-que-perfeito o tempo já passara e ele não percebera. Não iria se repetir, o passar do tempo é algo que se agarra e se entranha nas células mortas e passa, a gente não percebe. Está no contrato da vida humana, página vinte e dois, parágrafo terceiro da cláusula quarenta e três: o tempo há de passar e não há de se perceber. Meio-dia e meia. Passa tempo tempo passa passatempo tempo passar o tempo vai passar tic-tac-tic-tac-tac-tic-tac-tic tempo impossibilidade do tempo que não passa passa tempo. Meio-dia e trinta e sete. Quem foi que inventou o tempo contado em horas-minutos-segundos? Quinze pra uma. Queria tentar viver sem a limitação do tempo, sem a limitação da vida, viver sem vida, já não vivia? Dez pra uma. Está nesse estado de transe há um bom tempo. Está trabalhando sem trabalhar, como as horas que passam sem passar. Treze horas. Teria uma hora livre de almoço daqui a pouco. E o que faria? Viveria para a passagem dos minutos, porque precisava de algum motivo, de um guia. Tic-tac-tic-tac. Uma e dez.

Piscou. Treze e treze. Tem alguém pensando em você, ou faça um pedido ou o que seja. Ouviu a brincadeira outro dia, a esperança de que o tempo significa além do tempo.

Olhou para o lado e viu outra pessoa encarando o relógio. Sua colega de trabalho encarava-o com determinação e esperança, como se estivesse fazendo um pedido. Pensou em correr para sua mesa e dizer a verdade, tirá-la dessa conspiração que força todos a essa necessidade do inalcançável de esperar do tempo e pelo tempo, que as células morrem, que o tempo passa e apenas passa, que o tempo é apenas isso: tempo. Uma hora e catorze minutos. Decidiu que seria melhor deixá-la na ilusão, porque essa verdade, como todas as outras, era desoladora demais.

tratamento

POEMA PERDIDO

Eu queria perder tantas coisas...
O peso.
A vergonha.
A respiração.
O raciocínio.
Eu já perdi tantas coisas...
O lápis.
O trem.
Os amigos.
Os amores.
A juventude.
Eu queria perder outras coisas.
Eu queria não ter perdido nada.

PRIMEIROS DIAS DE CHUVA

Às vezes penso que a vida é feita de incertezas, talvez essa seja a graça. No meio disso estou eu. E mais ninguém.

PRELÚDIO

Tento me lembrar de alguma coisa do passado e há apenas imagens e sons insuficientes. Preciso de mais. Os sonhos não trazem aquilo que peço e as memórias não me dizem aquilo que preciso. Mas, afinal, do que preciso? Acho que nem eu sei... não me lembro mais. Deve ser alguma coisa que nem cheguei a conhecer. Não deve ser algo que se possa ver ou ouvir, é mais.

Sentir. Um dos verbos mais curiosos que já vi e não vivi. Algo mais complexo do que eu poderia imaginar. Algo que já não compreendo. Tento me lembrar da última vez, mas não sei se houve uma primeira. Algumas pessoas maldizem a dor, mas se ela me encontrasse, eu a abraçaria, porque significaria que sou capaz de sentir e isso é mais do que tenho agora.

Se tem uma coisa que eu adoro fazer, é olhar a chuva cair; acalma essa inquietação.

I

Naquele dia choveu pela primeira vez desde o início do inverno. O mau humor tomava conta de todos ao redor. As pessoas não gostam da chuva, do molhado, da lama, do vento. Mas quando a primeira gota tocou a grama seca, finalmente me senti bem, também pela primeira vez desde o início do inverno. Presságio, alguns diriam. Mas o relógio dizia que era meio-dia e meu corpo já se anunciava cansado de trabalhar desde as cinco da manhã.

Enquanto caminhava em direção ao ponto de ônibus, a

exaustão se esvaiu. Em seu lugar veio a ansiedade, o medo do novo, o desejo. Você caminhava em minha direção. Não nos conhecíamos, mas já fazia parte da minha vida de um jeito que mal consigo explicar.

Eu já tinha te visto antes, mas não como hoje. Dessa vez foi uma eternidade, a eternidade mais efêmera que já vivi. Não teve olhar penetrante ou eletricidade ao nosso redor. Foi simples, seco e direto como todas as outras vezes. Mas a verdade é que não foi nada disso, pois, com uma percepção de minuto, entendi. O que veio depois não sei bem explicar, mas foi ruim e teve gosto amargo de coisa mal resolvida.

II

Naquele momento eu te vi. E então te amei. E você se foi para sempre, como todo o resto.

III

Foi a primeira vez que nos vimos depois de uma semana sem pensar muito em você. Chovia novamente. A impressão de que tinha sido algo breve se foi, mas você continuou lá. E eu. Me apaixonando. Por que eu faria uma coisa dessas? Sofrer por mim mesmo não é suficiente? É preciso sofrer por alguém mais?

IV

Vivia num desejo intenso e assustado, sempre acompanhado pela chuva, sempre inquietante. Os raios me cegavam, traziam fúria. As águas que já trouxeram calma, agora me dão angústia, medo, desejo, desespero, tudo, amor.

V

Eu estava no trem que me levaria para casa, mas dessa vez havia algo diferente completando a visão monótona de todo dia. Você olhava pela janela para fora do vagão e eu me perguntava o que se passava em sua mente. Fechei os olhos e, enquanto o trem percorria o caminho de sempre, te vi novamente.

Nossas mãos se tocavam, estávamos deitados, sua cabeça repousava em meu peito. Te perguntei que dia era. 18 de abril. Era apenas uma data, uma localização nesse tempo-espaço eterno e contínuo, ainda sim foi o suficiente pra me fazer ter certeza de que a sua voz deveria ser ouvida por todos. Eu não podia ser a única pessoa a ter esse privilégio, era demais pra mim. Mas eu queria ser, queria sua voz ecoando pra sempre apenas em meus ouvidos, só que eu nunca tive nada, e não seria dessa vez que conseguiria meu desejo egoísta.

Lembrei de nosso beijo. Tão suave e tão intenso. A forma como seus lábios tocavam os meus me fez sonhar, algo há tanto tempo esquecido. O seu toque, o calor, o beijo. Eu não sabia o significado de nada disso até esse dia.

Os anos se passaram e eu vi a eternidade se estender para nós, estrada longa de asfalto rachado pelo sol e pela chuva. Eu caminhava com você, apenas caminhava, sem querer chegar a qualquer destino. Caminhava sem buscar. Caminhava.

O trem parou. Abri os olhos temendo não te ver, mas você ainda estava lá. Suspirei de alívio e desejei levantar e sentar ao seu lado, talvez te conhecer, te amar. Então me lembrei que quem não estava lá era eu. Para estar, preciso ser e já não acho que seja possível sem você.

VI

A garoa guiava meus passos quando nossos olhos se encontraram por um breve momento, quase por acaso. Continuávamos andando, cada vez mais devagar, ou assim parecia. Lembrando agora, gostaria que tivesse sido ainda mais lento e que pudesse ter durado mais, talvez para sempre, mesmo se isso significasse que nossos rostos jamais se encontrariam. A possibilidade, a chuva, a esperança misturada com sonho pareciam me atrair mais do que a certeza. A certeza é certa e fim. Acabou. A possibilidade me deixa ser feliz através da melancolia do talvez.

A distância agora era pequena demais para ignorar. Talvez um simpático "bom dia", talvez um aceno. As convenções sociais me davam algumas opções, mas eu queria outra coisa. A gente estava perto e eu disse "eu te amo". Foi assim que aconteceu na minha cabeça.

A verdade é mais complicada: eu olhei para o chão úmido sem ver a sua reação. Talvez um "eu te amo" tenha saído de sua boca e a chuva não me deixou ouvir. Talvez não. Prefiro pensar que sim e viver na incerteza a encarar a realidade e olhar para o chão mais uma vez.

Segui meu caminho, você seguiu o seu. Ninguém olhou pra trás e eu espero que você seja feliz nas suas certezas, enquanto eu vivo na triste possibilidade do "eu te amo" que jamais aconteceu.

VII

Ao chegar em casa, pude apenas assistir à vida acontecendo pela janela, então vi uma gota tocar a translucidez do vidro e pensei no seu toque. Será que estaria vendo a mesma chuva que eu? Alguns dizem que a chuva é melancólica, talvez seja verdade, talvez eu seja melancólico, talvez eu seja a chuva... talvez... chuva... seja...

Adormeci.

Acordei assustado e indignado. Talvez até um pouco feliz. Invadira meu sonho.

VIII

Nunca vai acontecer. Eu digo e repito na esperança de aprender. Mas a quem quero enganar? Minha mente é perversa, ela sempre dá um jeito de me contrariar e cá estou, escrevendo sobre você, sobre te amar e não amar. Não posso. Quando menos espero, sua imagem aparece através dos pensamentos quase como se fosse de propósito, para me fazer sofrer mais. Talvez, se eu fosse outra pessoa, não precisasse sofrer. Mas eu sou eu e é assim que deve ser, disse alguém.

Começo a divagar sobre o futuro, sobre as possibilidades, sobre aquilo que nunca vai acontecer. Simplesmente não consigo deixar de imaginar o toque das suas mãos. Dessa vez não é um aperto de mãos. Dessa vez suas mãos deslizam sobre mim, enquanto, pela primeira vez, meus lábios são tocados por você. Desejo então abrir os olhos e te ver olhando para mim.

XIX

Eu queria não morrer toda vez que te vejo. Ou queria morrer eternamente cada vez que te desejo para poder encerrar essa dor, do mesmo jeito que encerrou minha esperança quando disse que te amava.

X

Choveu de novo e eu fiz o caminho de todo dia. Te encontrei, ambos estávamos molhados e novamente indo em direções opostas. A coragem veio momentaneamente e eu esbocei um "oi" nos lábios quando seus olhos estavam perto o suficiente para que eu abusasse da sorte. Em resposta, ganhei um aceno. Só um aceno. Aquele gesto de quem diz bom dia pra um estranho na rua. O sorriso veio vago e o cumprimento morreu comigo assim que saiu da minha boca.

Os passos que se seguiram foram a derrocada do meu dia. Há cinco minutos eu desejava cada centímetro seu, agora sentia ódio pela sua presença em minha vida. Só que não era ódio de verdade. Nem amor. Era uma vontade.

Pela primeira vez em minha vida, quis que parasse de chover. As gotas, que pareciam cair mais vagarosamente que o normal, estavam incomodando minha visão. Não ventava e eu quis que ventasse, uma estúpida esperança de que o ar frio trouxesse de volta qualquer coisa perdida que pudesse substituir essa vontade. A visão do aceno estava costurada em minha mente junto com o sentimento de quem perde.

Minha roupa, minha pele, meu cabelo, tudo estava cada vez mais molhado, enquanto eu parecia nunca chegar ao meu destino. O chão lamacento era quase uma súplica para que eu voltasse no tempo e não saísse de casa. Mas o fiz e mereci as consequências. Sofro porque mereço, porque ousei proferir uma palavra inocente a quem precisava ouvir qualquer coisa menos isso. A lamentação da chuva apenas me confirmava a punição.

Por tanto tempo eu te quis. Do mesmo jeito que queria a chuva, queria você. E agora nenhum dos dois me bastava. Minha vontade era de não ter. Eu queria mesmo é que você tivesse alguém e que ouvisse dele palavras tão indesejadas quanto as minhas: eu não te amo mais.

Quando te encontrei no ensolarado dia seguinte, desejei minha morte por te querer ainda mais intensamente do que antes.

XI

Você não apareceu e eu esperei, como esperava por todos os outros momentos em que você não apareceu. Naquele dia eu te odiei e te perdoei. Naquele dia eu te quis como nunca antes. Eu precisei. Só da sua presença, de mais nada, de mais ninguém. Estava frio e chovendo enquanto eu me sentava na mesma cadeira desconfortável e pensava no quanto a sua presença me fazia falta; no quanto a ideia de pertencer me atraía; no quanto o você-estar-aqui se fazia necessário naquele dia. Mesmo que seus desejos nunca fossem meus, os meus seriam sempre seus. Eu seria da sua alma, da sua pele.

XII

Por que não apareceu de novo? Medo de mim? Nojo? Será que morreu? Considerei por um momento. Sua ausência do mundo me doeu mais do que a dor do parto dos filhos que eu jamais teria. Mas foi bom em meu próprio e íntimo masoquismo emocional, porque o sofrimento duraria o luto e depois, fim.

XIII

Foi naquele momento, naquela chuva. Foi ali que tudo mudou. Um sentimento precisa nascer e crescer. Não sei como foi, mas aconteceu. E então quando nossas mãos se tocaram foi diferente, mais simples e natural e, ao mesmo tempo, mais complicado que isso.

Dessa vez nossos olhos se encontraram e eles diziam muito mais do que meus lábios jamais ousariam pronunciar. Não saber a cor dos seus olhos me deixou com vergonha. Você sorriu. Meu corpo pareceu me desobedecer por um instante e começou a se mover em sua direção. Você pareceu ter imitado o gesto. E assim começamos a nos aproximar. Dois ímãs que se moviam menos de um milímetro por segundo. Cada segundo durando mais do que a eternidade e me fazendo lembrar de todos os outros segundos em que já estivemos próximos.

Seu corpo estava cada vez mais perto e eu conseguia sentir o calor vindo dele. A maneira como isso me atingiu internamente não pode ser descrita. Quando fechei meus olhos, senti a ponta do seu nariz tocando a minha. O milésimo de segundo que veio a seguir pareceu ser o mais longo de todos. Mas nada disso importava quando nossos lábios finalmente se tocaram.

Era como se todos os pensamentos tivessem se esvaído da minha mente. Era possível apenas sentir. Lembro-me apenas de abrir os olhos um instante depois e encarar a parede vazia e a lembrança de algo que nunca aconteceu.

XIV

Eu continuava a olhar para a rua, mas meus olhos já nada viam. Minha mente se ocupou com você e a lembrança de outro dia chuvoso. Nossos lábios se tocaram ali, abençoados pelas águas do céu. Será que você ainda se lembra? Dizem que a chuva lava a alma, talvez também apague memórias, talvez tenha apagado a sua...

Conforme as gotas caíam com mais força, o pensamento também se fortificava e o seu toque se tornava mais claro, quase podia senti-lo... seria real?

XV

Olho pro céu nublado e me ocupo com o que não devia. Novamente.

Fiquei pensando em como não te vi hoje e que talvez tenha sido a última oportunidade.

Fiquei pensando na primeira vez que esbocei um sentimento por você.

Fiquei lembrando de como tudo mudou desde então e da intensidade com que agora te amo.

Fiquei pensando no que senti quando falou comigo pela primeira vez.

Fiquei lembrando dos olhares disfarçados, das minhas tentativas frustradas de dizer, com o olhar, que te quero.

Fiquei lembrando do quanto desejei...

XVI

Perdido, desolado, andando e tentando não pensar, apenas ser, encontrar. A intensidade me faltava.

Achei mesmo que te encontraria aqui.

Tava te esperando.

Pensei em te ligar ontem...

Tô aqui, fala logo.

Não precisa falar assim.

É o cansaço.

Não é desculpa, também tô.

Eu sei o que você vai me falar...

Eu sei... mas continua difícil, sabe... falar.

Então não fala... só...

Eu sei...

XVII

Ontem você me disse que tudo estava acabado e eu esperei. Pelo que exatamente, eu não sei, mas esperei. Quando acordei hoje, mais tarde do que deveria, não havia sinal de sua existência, exceto pela lembrança que ainda me atormentava. A lembrança do que eu acredito ser felicidade.

Eu não esperava que acontecesse comigo. Na verdade, eu esperava, mas esperar nunca pareceu funcionar. E então você. E então eu, sozinho.

Estava andando pela rua, sem ir a nenhum lugar. Considerei não voltar, não vi motivos. Acabei entrando num café ali perto de onde nos conhecemos. Sentei e esperei, novamente sem saber o quê.

Voltei pra casa, acho que abri a geladeira e encarei a garrafa de vinho quase vazia umas cinco vezes. Minha garganta estava seca, mas eu não bebi. Me perguntei o que você estaria fazendo. Sendo feliz, pensei, sendo feliz sem mim. Não era esse o motivo de tudo? Esperei pela resposta e ela não veio.

Eu não esperava que você voltasse, acho que nem queria. Eu estava sentindo tudo tão vazio, mas talvez nem seja isso. Achei que nunca sentiria sua falta, mas e todo o resto? E a felicidade? O tormento não parou ainda hoje.

Escrevi isso com uma ponta de esperança. A mesma esperança, a mesma espera. Ainda não sei bem o quê, mas a expectativa sempre me decepcionou, então prefiro deixar por isso mesmo. Fico apenas pensando no que não aconteceu, porque o que vivi não é uma boa lembrança. A felicidade sempre cobra seu preço e, aparentemente, o meu vem a prestações. Todo o resto se torna irrelevante.

XVIII

E então vazio. Aquele sentimento perturbador não mais existe.

Eu esperei tanto... Foram anos tentando entender, e quando eu consegui, ele veio e me arrebatou. Aquele sentimento que já desprezei e desejei tantas vezes queimou dentro de mim e me fez querer. Eu quis tudo e eu quis nada. Eu sentia. E agora, vazio.

O que mudou desde a última vez, eu já não sei, mas a ausência está aqui. Não há razão para o desprezo, não há nada a desejar. Vazio, vazio, vazio. Tantas vezes eu quis sentir algo, e agora percebo o quão efêmero tudo foi. Mal tive tempo de perceber e simplesmente acabou.

Não queria voltar no tempo, porque eu não quero mudar nada, nem a rapidez, nem o desprezo, nem mesmo a ausência. Talvez o vazio de sentimento seja outro modo de sentir. Talvez eu nunca tenha sentido.

Fico aqui, apenas olhando a chuva, esperando que você passe e me encontre de novo. Que esse sentimento que eu não sei se existe encontre em mim seu lugar, para que eu possa não sentir tantas outras vezes.

HOJE

Já não sei mais o que aconteceu. Foram tantos dias de chuva. São tantas memórias. Agora elas se misturam e eu não consigo mais distinguir o real do imaginário. Sinto como se tudo estivesse diferente, mas não está, porque eu continuo com a incerteza, a mesma que tantas vezes me acolheu em seu ar melancólico de quem precisa viver sem saber para conseguir viver.

Agora o amor passou e a vida acabou. E eu me sinto mais feliz por ter verdadeiramente me entregado.

AMORAS

Estava mais escuro que o normal, as luzes da rua estavam todas apagadas, a pouca claridade vinha das casas onde mulheres e homens insones aguardavam ansiosos pelo efeito de suas pílulas noturnas enquanto ele voltava para casa: desce do ônibus, segue reto, vira à direita, vai até a amoreira e então a casa azul na esquina. O tempo estava mais frio que o normal para aquela época do ano, a garoa se fizera presente o dia todo, mas agora havia apenas sua lembrança no asfalto molhado e no vento úmido. Seguiu andando, a falta de luz o guiava sombriamente enquanto pensava no seu dia, no que o levara até ali.

Levantara-se cedo, antes do infernal alarme despertar. Conseguiu tomar banho direito e comer alguma coisa, se arrumar, fez tudo direito, deu beijo de despedida na mãe e saiu. Tão anormal, tão perfeito. O trânsito lhe deu a sensação de normalidade, o ônibus cheio, a multidão no metrô. Chegou ao trabalho na hora, grato por ter acordado mais cedo. Realizou as repetições do escritório, serviu café, viu seu estágio inútil terminar no mesmo horário e, talvez, junto com ele, alguns neurônios. Foi para a faculdade um pouco mais feliz, sem motivo mesmo. Talvez fosse a perfeição anormal da manhã retornando. As aulas foram monótonas, saiu mais cedo, foi com os amigos pro bar que ficava ali perto.

As luzes agora ficavam mais raras, a cada passo a escuridão aumentava e o chão voltava a encarar a chuva. No bar, conversaram, reclamaram e beberam. Não era sexta, ninguém tinha condições de trabalhar de ressaca no dia seguinte. A saideira, garçom! Bebeu. Foi impedido de ir embora com os amigos pela chegada de alguém não tão inesperado. Tava com saudade, Eu também, Te amo, Te amo.

A amoreira estava a poucos passos quando se lembrou do beijo. Era novo toda vez, mesmo sendo sempre igual. Achou-se estúpido por pensar assim, mas continuou revivendo os segundos. A chuva estava apertando, mas sentia-se tão bestamente apaixonado que continuou andando na mesma velocidade até que olhou para frente e avistou a casa azul. Havia uma luz de vela iluminando levemente a sala. Sua mãe estaria no sofá cochilando e esperando seu retorno. Junto com a casa, foi irrompida a visão de dois homens usando roupas escuras, um de capuz, o outro exposto sem medo do vento. Seu devaneio lhe impedira de prestar atenção no fato de que estava sendo observado desde que entrara na rua, de que alguém além de sua mãe o esperava. Dessa vez não houve tempo para reviver o dia ou se lembrar da monotonia ou da saudade ou do beijo. O beijo. O modo como ele segurara sua mão e pressionara os lábios junto aos seus. O calor que sentia percorrendo suas veias, levando algum sentimento inexplicável por todo o seu corpo. O amor condenado que causava ódio racional naqueles que eram irracionais. Não viu quando lhe acertaram pela primeira vez. Viu olhos castanhos brilhantes, viu seu reflexo neles, sorrindo, amando, feliz. Cada golpe era amenizado pela escuridão, pelo devaneio de amor breve que teve mais cedo naquele dia, pelo gosto adocicado das amoras que se espalhavam no chão, caídas precocemente da árvore.

Quando era criança, adorava parar ali para pegar amoras no fim da tarde. Voltava da escola e procurava com os olhos aquelas mais escuras que estavam ainda nos galhos altos. Não as alcançava. Pensava que um dia não teria problemas em colhê-las, que seria suficientemente alto para experimentar o doce daquelas amoras quase celestiais em seus olhos de criança. Estes olhos que agora adultos hesitavam entre o abrir-se e o fechar-se, com medo e sem força.

Sentia o sangue escorrer em seu rosto, fora atingido por alguma coisa, uma pedra, não sabia. Sentia os pelos arrepiados toda vez em que o ouvia dizer que te amo. Estava sendo punido por proclamar o mais intransitivo dos verbos. Eu te amo. Sua cabeça tocou o asfalto num gesto de exaustão, não havia como resistir. Não havia como resistir a ele toda vez que sorria. Eu quero casar com você. Pensou em sua mãe, que esperaria, e apenas esperaria. Como ele, que apenas esperara a esperança de criança tola que acredita em tudo. Quero ser feliz com você. A criança tola que estava agora caída na esquina em frente a casa azul, depois de ter um começo anormalmente perfeito e brevemente feliz. Me beija. Conforme seus olhos se fechavam pela última vez, viu uma amora caída. A vermelhidão que emanava dela também era dele, eram como um só, pressionados contra o asfalto úmido, sentindo a vida e o calor vívido deixando cada parte de si.

UM POEMA SOBRE PÁSSAROS E LOBOS

Fiz poesia como quem faz sexo. E depois senti culpa. Era um verso sobre pássaros e lobos. O ponto final veio e eu nem percebi, aconteceu. E quando aconteceu, senti prazer na morte e na dor contida em terminar uma criação. Uma lágrima caiu nesse interlúdio de vida e borrou o papel, do mesmo jeito que os pássaros e os lobos haviam borrado minha visão naquela madrugada.

Eu havia acordado triste e com vontade de poesia. Comecei a escrever como quem vomita palavras e rabiscos, rabiscos... e, de repente, pássaros e lobos. Os lobos matam os pássaros. Termina assim. Matam porque têm inveja, como quem escreve poesia porque tem inveja.

Quando os caninos penetraram a fragilidade do pescoço das aves, eu senti. E foi nesse orgasmo de perversão que o ponto final veio. Achei que a morte tinha chegado e revi toda a minha vida, como quem vê o mesmo filme triste todas as tardes. Mas a morte não chegara por mim, nem pelos pássaros. Ela viera pelos lobos.

Eu estava liquefeito, como quem é assassinado por lobos. O sangue me escorria ao mesmo tempo em que os pássaros choravam. A morte estendeu a mão e pediu que pagassem. O uivo de dor não veio de mim, veio do ponto final. Acabou. A morte chegara para o poema e eu a pedi que me levasse.

Ela não me quis. Como um desafio, continuei a escrever esgotado. Páginas e mais páginas. Eu encarava-as sem conseguir encontrar um sentido. Os olhos levemente embaçados pelas lágrimas anunciadas. Também não queria lê-las, não me permitia querer mais nada. O sol nasceria dali a algumas horas e eu seria obrigado a encarar o mundo. Naquele momento, eu preferi morrer como pássaros morrem. Talvez tenha morrido um pouco, sempre estamos morrendo mesmo.

As páginas me encaravam com sede de sangue e eu lhes devolvia o olhar querendo satisfazê-las. As almas dos lobos jaziam ali, ao lado dos corpos dos pássaros, mas não lhes eram suficientes. E tudo aquilo que eu escrevi não me importava mais. Todas aquelas palavras tiveram um significado quando foram pensadas e agora eram papel branco, amassado pelo meu toque. O problema é que tudo que eu tocava ficava assim, deformado.

A maneira como tudo aconteceu, como me disse tudo aquilo, como eu sonhei todas aquelas noites, como a sua existência me acordava todas as noites, impaciente, querendo ter, criando poesia sobre animais que matavam uns aos outros.

As palavras continuavam me encarando. Seu significado morto agora se refazia, mumificado, podre. O desejo antes ali contido se transformara em outro desejo, desejo por deformação. Não física, porque esta nunca foi importante. Era o desejo de que lhe arrancassem as folhas e amassassem, matando todo o significado daquelas horas que passara escrevendo frases insones.

Dedicatória:

Eu não espero que você seja feliz. Eu espero que você sofra como eu, porque a sede de sangue das palavras que me encaram deve ser saciada e não por mim, em minha pele de falso inocente, nem pelo sangue dos pássaros ou pela alma dos lobos, mas por você, com sua mão deformadora que toca as páginas e as dilacera com os olhos.

LIMBO

Eu andava a passos lentos. O chão estava lamacento e o ar gelado. O cheiro que chegava ao meu nariz trazia consigo uma aura de morte. Nada inesperado, considerando que eu estava num cemitério.

O que eu fazia ali também era um mistério para mim. Apenas andava e andava em direção a algo que não sabia o que era. Enquanto meus pés marchavam pesadamente sobre o teto dos mortos, só conseguia pensar em como chegara naquele lugar. Alguém havia morrido e eu me esquecera? Não seria a primeira vez que minha memória me trairia dessa forma. Mas antes que concluísse algo, a resposta estava na minha frente.

Uma lápide. Uma entre tantas. Mas havia algo mais, ela me atraía. Era de mármore e as escrituras em bronze haviam sido desgastadas pelo tempo e pela chuva, as mesmas duas coisas que tantas vezes me salvaram da insanidade. De repente eu soube.

Simplesmente soube que aquela era a minha lápide. Ajoelhei-me. Se cavasse, encontraria um par de olhos sem vida. Meu par de olhos. Não cavei, apenas fiquei olhando para a terra úmida enquanto gotículas de chuva caíam, mas dessa vez não havia insanidade para ser levada. Não havia mais nada, nem mesmo eu, porque eu não existia. Pelo menos não em cima da terra.

Quanto tempo? Há quanto tempo eu não existo? A última coisa da qual me lembro é de um adeus. Aquilo já acontecera tantas vezes que simplesmente ignorei. Não iria me afetar, não dessa vez.

Minha esperança deve ter sido em vão, pois me afetou. Se não o tivesse feito, talvez eu não estivesse morto. Ou estaria. Mas eu estou?

DONA FELICIDADE

Hoje descobri que a felicidade não existe. Ou, pelo menos, assim dizem. Faz todo sentido. Por que alguém permitiria a existência de tal coisa? Se vivesse, seria esquartejada, tenho certeza. Ninguém pode suportar tanto em tão pouco, o corpo, por maior que seja, não é maior o suficiente. Nem mesmo a mais grandiosa das almas conseguiria lidar com esse peso, porque ser feliz incomoda. Ou incomodaria, se fosse real.

Será que existe? Um dia me disseram que quem encontra a felicidade morre de desgosto naquele exato momento; lembro-me porque foi no mesmo dia em que conheci Maria Feliz. Condenada pela mãe a ter um nome desses, essa mulher de trinta e tantos anos, com cabelo loiro sempre desgrenhado, era Feliz de batismo e de alma. A pobre coitada não entendia que a felicidade, se existisse, só seria possível por alguns segundos. Um minuto, se tivesse alguma sorte. Não é possível experimentar algo tão imensamente perturbador. Se pelo menos soubesse... Mas desconfio que ignoraria, como fazem aqueles que se dizem possuidores de tal sentimento.

A felicidade que a possuía sempre fora motivo de risos, mas ela gostava de ver os outros sorrirem, tentando erroneamente alcançar o mesmo estado em que ela tão magistralmente vivia: elevada, homérica, divina em sua falsa felicidade. Mas talvez, enquanto acreditasse, fosse verdade verdadeiríssima. E sorri. Confesso que já fui um pouco assim, já vivi acreditando nessa busca pelo inexistente, pelo que fosse sonho, que fosse simples e simples fosse. Desacreditei não sei bem quando, talvez quando soube da existência de Maria.

Peço que tente entender seu estado de graça. Imagina só que outro dia ela estava no trabalho com uma vontade louca, como o que é feliz, de dançar. Ficou a tarde toda reprimindo sua felicidade para não incomodar ninguém, até que não aguentou e se trancou no banheiro, onde executou os passos de dança mais estranhos já vistos em similar situação. No fim, quase se machucou ao tropeçar no vaso. Ela vivia bem desse jeito, pode-se dizer, mas existe uma interrupção entre essa Maria e aquela que entende o significado de felicidade.

Na noite do dia 26 de outubro a moça foi a uma festa na casa de uma amiga. Sorriu, sorriu e sorriu. Também conheceu sua alma gêmea, ou assim pensou novamente. Um homem alto, loiro, com um sorriso abobalhado que combinava com o seu. Combinava tanto que Maria o quis para si. Ela simplesmente não entendia que depois do querer, precisa-se, e aí já é impossível ter. Toda vez que desejava alguma coisa, estava fadada a não tê-la, simplesmente pelo ato de desejar. Talvez fosse mais eficaz odiar alguma coisa, porque o ódio sim existe e é possível, ao contrário de todo o resto. Mas a tal dona Maria não ouvia e sempre queria, e precisava, e então acabava sem nada. Quando era pequena, quis uma boneca e, só por querer, já não podia mais tê-la, mas a teimosia foi maior e decidiu pedir à mãe. Em resposta, apanhou. "Essa menina é muito mimada, só quer-quer-quer!"

Um pouco afetada pela tontura que lhe trazia o excesso de querer-querer-querer e de vinho, foi se deitar. Sonharei com ele, disse, e pensou que poderia controlar seu inconsciente. Maria sempre foi feliz, mas só se permitia ser esperta nas quartas-feiras de lua cheia, e era sábado.

Acordou no meio da madrugada, suada e assustada. Nenhuma alma gêmea lhe visitara naquela noite, apenas o fantasma da Morte: "26 de dezembro. Morrerás.". Lembrava-se dos olhos negros e penetrantes e dessas palavras. "Morrerás", ecoou. Maria também acreditava muito nas coisas que lhe diziam, como naquela vez em que lhe disseram que era amada e ela acreditou. Pobrezinha. Fosse verdade ou não, acreditava.

Passou o dia pensando nos dizeres da Morte. O que poderia fazer em dois meses? Acabou de conhecer sua alma gêmea e já vai morrer? Quis esquecer e acabou sendo impedida pelo sonho, que passou a estar presente em todas as suas noites de sono daqueles dias. "Morrerás." Supôs que fosse verdade. Não existiam repetições de sonhos que não fossem importantes. Seria bom se isso fosse verdade, eu estaria feliz. E ela estaria rica, casada, seria dona de um castelo feito de tijolos dourados e, como agora consta, estaria morta.

A primeira coisa que quis saber foi como morreria. Indecisa como era, não conseguiu escolher a resposta e foi olhar no horóscopo em busca de um sinal; não ajudou. Pensou em acidente, mas assim era muito imprevisível pra ela. Talvez fosse melhor se tudo acabasse aqui, agora mesmo, de qualquer jeito. Maria já sofrera tanto do mal da felicidade que merecia alguma dignidade em sua alegria final.

Depois quis saber do moço, "a alma gêmea". Ouviu música triste e decidiu esquecer-se dele, "O amo o suficiente para deixá-lo ser feliz com outra pessoa", disse a si mesma, olhando para o espelho com a maquiagem toda borrada. Só precisava saber seu nome para lhe desejar felicidade. Perguntou para a amiga, mas ela não lhe disse. Tinha pena do coitado. Maria sempre viveu assim, espantando as pessoas com a sua felicidade e com seu jeito toda desgrenhada, não só nos cabelos.

Seguiu seus dias na maior normalidade possível. Ou o que seria normal para alguém que se diz feliz e sabe que está prestes a morrer. Foi trabalhando, dançando, vivendo, indo aos mesmos lugares, vendo as mesmas pessoas e deixando as coisas que importavam passar, porque já era feliz mesmo e não precisava de mais nada, ainda mais agora.

No dia 22 de novembro, pela primeira vez não sorriu. Estava chegando, ela sabia, se demitiu e se escondeu; ninguém pareceu se importar. A moça se esqueceu da felicidade que tantos bens lhe dera outrora. "Morrerás." Era só o que ouvia, só o que pensava. De Feliz a Perturbada. Esqueceu de aproveitar os últimos dias, esqueceu do amor, dos amigos, da família, do bolo de chocolate que tanto queria fazer em seu aniversário.

O natal daquele ano foi triste, não houve festa, não houve peru, apenas espera. Avisara a família e os poucos amigos que passaria a noite sozinha. Ninguém se importou. A verdade é que ninguém gosta mesmo de gente feliz.

A manhã do dia 26 chegou morna, melancólica. Maria não mais sentia, felicidade ou qualquer outra coisa. Ia escrever uma carta, um testamento, foi a primeira coisa que pensou, mas já não tinha forças para nada que não fosse esperar. E esperou até as vinte e duas horas e cinquenta e nove minutos daquela noite, quando, finalmente, cansou de esperar e resolveu encontrar seu destino.

Faltava uma hora para o fim do prazo quando o excesso de infelicidade que estava nela a levou até o espelho, onde viu o reflexo de uma mulher não mais desgrenhada, não mais Feliz, apenas Maria. O que substituiu a tal felicidade não foi um sentimento, foi uma necessidade de busca. Não pela felicidade, não por nada que se pudesse pronunciar. O problema foi justamente esse.

Quando se olhou no espelho, viu um nada que precisava ser preenchido por outra coisa que também era nada. A ideia do infeliz vazio a atingiu mais fortemente do que poderia imaginar há poucos meses, e, quando o primeiro corte veio, Maria enfim decidiu-se: não suportaria uma vida de busca e a ideia de viver com o vazio era devastadora demais para que pudesse começar a entender. Ela encarou o espelho por uma última vez, não como suplício ou como esperança, mas como a desistência que chega depois de uma longa luta. O chão, antes milimetricamente limpo, agora esboçava manchas escarlates que traziam em si a essência de um vazio próprio de Maria Feliz e o resto de felicidade que agora jazia ao lado de sua antiga possuidora.

No dia seguinte, uma gata siamesa entrou pela janela entreaberta da sala e encontrou Maria. Seu corpo já havia começado o processo de decomposição e fedia muito, mas nada disso importava à gata que foi lá e lambeu a felicidade que exalava dela. Outras vinte e quatro horas até que alguém se desse ao trabalho de descobrir o motivo do cheiro. A coitada se encheu de perfume, mas de nada adiantou.

O assunto rendeu só uns dois dias na vizinhança por causa do réveillon no fim da semana. Ninguém entendeu o que houve, alguns diziam que ninguém normal era tão feliz. Outros diziam que foi culpa da gata siamesa doente, também encontrada morta por excesso de felicidade. Mas o que aconteceu mesmo com Maria foi que ela se permitiu experimentar algo proibido e o fez por tempo demais. Do seu batismo àquele dia vinte e seis, Maria foi Feliz.

TODAS AS AMARGURAS DO MUNDO

Juliana sentia o estranho prazer em sentir prazer nas coisas estranhas. Começou quando tinha quatro anos e resolveu que beber um gole do perfume de sua mãe seria uma boa ideia. E foi. Pela primeira vez a garota sentiu o gosto amargo das coisas.

A mania continuou e, aos oito anos, teve sua primeira paixonite. A amargura voltou a tocá-la, mas dessa vez não foi a garganta que queimou em repulsa, foi seu coração que ardeu de raiva quando seu namoradinho deu um beijo na bochecha de Aninha.

O outro gosto amargo veio da fruta da árvore do quintal e... Tão bonita, olha só! Experimentou. Cuspiu. Fez cara feia e chorou:

— Não quero mais saber dessa vida amarga!

A adolescência chegou e não houve momento na vida de Juliana em que a estranheza se fez mais presente. Amargura aqui se chamou puberdade, menstruação, crise existencial, rebeldia, virgindade, sofrimento, odeio meus pais, odeio minha vida, odeio o mundo, amo aquele menino, aquela menina, por que ninguém me ama?

Porque era amarga.

Fez dezoito anos e se viu magicamente adulta. A mágica não durou tanto quanto esperado e, antes que pudesse alcançar os dezenove, encarou sozinha sua inimiga e companheira frente a frente no espelho do banheiro:

— Não gosto de você, velha e amarga.

Passou pela casa dos vinte amargamente. Como vingança pessoal, amargou a vida de todos que conhecia. Ela não toca muito no assunto, mas dizem que envolve algumas mentiras e um excesso de amargura. Aos trinta e três já não falava com os pais ou com qualquer outro da família. Sobre isso nunca disse nada além de: Família é um negócio estranho, nem eu sei o que aconteceu, só sei que não me faz falta.

Apesar de tudo isso, Juliana se viu despreparada para o que veio a seguir. Em sua vontade estranha de perseguir o que era amargo, resolveu se entregar. Não à polícia, não às drogas, porque era tudo muito cotidiano e doce demais. Ela se entregou mesmo ao amor. Quando se viu apaixonada por Hélio, acreditou pela primeira vez. Demorou a entender no que acreditara, mas acreditou com toda a fé que pôde até completar quarenta e oito anos e se ver divorciada, dessa vez com o gosto amargo da traição colado em sua pele.

Que a amargura já fazia parte de sua vida entendera logo cedo, mas foi ao completar cinquenta e seis anos que o viu tocar sua alma. O gosto lá foi quase azedo. Passara o dia sozinha em casa, revendo a vida e esperando, sem sucesso, revivê-la. Enfim a noite chegou e decidiu se arrumar para si mesma: batom nos lábios, lápis nos olhos e o perfume que não mais bebia na pele enrugada. Olhou-se no espelho e ameaçou chorar quando viu a mulher que a encarava amarga e cada vez mais velha. Assim passou seu aniversário, assim passou sua vida.

De amargura em amargura, chegou aos sessenta e tantos anos. Agora sentava no Jardim Botânico e pensava no quão bonita a vista era, em especial a flor amarela que brilhava referenciando o sol e dizendo a quem ouvisse: Vai ficar tudo bem. A paz que o girassol lhe transmitia era quase doce, quase como um pedido de desculpas da vida, como um ciclo que se fecha. Achou que o mais apropriado seria, portanto, voltar ao que desencadeou tudo isso. Não tinha perfume, mas tinha a flor. Comeu como uma criança curiosa que, aos quatro anos, tem a brilhante ideia de beber o perfume da mãe. Dessa vez não grunhiu, nem fez cara feia, a saliva que era produzida em sua boca apresentava aquele gosto já familiar.

Juliana queria mais que tudo buscar em si a essência do mundo, mas tinha medo, porque tudo era amargo e, se o perfume, a fruta da árvore e a flor amarela lhe deram a repulsa eterna da vivência, a essência a transformaria para sempre e a destruiria, do mesmo modo como ela destruíra sua própria definição grotesca da vida. Talvez fosse isso, talvez ela fosse a verdadeira amargura do mundo.

Os dias que se seguiram foram marcados pela flor amarela, bonita e amarga, cujos restos mortais jaziam na grama absurdamente verde do Jardim Botânico. Juliana agora tinha seu próprio girassol que a reverenciava em cima de sua mesa da cozinha. Foi olhando para ele que sentiu o último gosto amargo de sua vida, o gosto de quem sente que viveu do avesso, de quem sente o gosto amargo e fica por isso mesmo.

cura

PRIMEIRO CAPÍTULO

Passara quase a noite toda tentando escrever. Sentia dentro de si uma coisa inquieta, indefinida, decidiu chamá-la de inspiração. Por fim, caiu no sono em cima dos próprios papéis em branco. Quando acordou no meio da madrugada, viu sem rosto em meio à confusão de pensamentos trazida pelos sonhos uma mulher. Chamou-a Cristina. Não, Rosana. Não, Esmeralda. Não, Roxanne. Talvez, Maria.

Seus olhos eram... sua pele... seus cabelos... Não sabia como descrevê-la, mas a via mais nitidamente do que jamais havia visto alguém. Decidiu que não era importante sua imagem, mas o que estava dizendo:

Não conseguia ouvi-la, encontrava-se surdo pelo barulho incessante que seus pensamentos faziam.

Era uma princesa, na verdade uma freira, ou seria uma professora, mendiga, bailarina, prostituta, sim! Encontrara-lhe a profissão e a motivação seria a que desejasse depois, outro dia quando revisitasse o que foi escrito. Mas qual seria seu destino? A morte, provavelmente... pobre sofredora... Seria assassinada! A paixão contida em seu olhar vendido lhe dizia que devia ser assim. Mas quem seria o assassino? Seu amado! Mas quem a ama? Não soube. Olhou-a de novo. Diga-me. O ar saiu levemente de seus lábios sussurrando-lhe o que precisava ouvir. Ele.

Um homem alto, com cabelos escuros como seus olhos e andar pesado entrou no quarto. Era seu amante e aquele que lhe tiraria a vida. Conheceram-se no local em que ela trabalha, na esquina mais movimentada da cidade. E então se amaram. Uma, duas, três vezes naquela noite. Foi romântico, brutal e apaixonado como ela sempre fora desde que dera seu primeiro beijo, perto da fonte de mármore esquisita no colégio, com o menino mais estranho da sala, porque o esquisito lhe era apaixonante. Tudo pra ela era motivo de paixão, de sentimento arrasador que destrói tudo o que enxerga enquanto ama e deseja violentamente.

Talvez não devesse ser um livro, talvez devesse ser um musical. Sua paixão tão intensa que precisava cantá-la ao mundo. Mas não era assim sua história. Pobre Maria, pobre Roxanne... Sofreria. Fora condenada à morte por assassinato. Matou seu padrasto, o homem que lhe atormentava os pesadelos de criança, que batia em sua mãe e a molestava em seu quarto rosa cheio de bonecas de porcelana. Nunca mostrou arrependimento, foi julgada e condenada e seria morta. Sim, Alberto a mataria porque não suportava seu sofrimento. Não! Nada disso presta.

Reescreve.

Eles se amavam e isso os consumia mais do que puderam perceber. Enxergava-os em um quarto de hotel de luxo, era tudo antigo, meio dourado. Ela usava um vestido vermelho, seus cabelos estavam mais compridos do que há pouco, quando era prostituta. Agora era uma mulher rica que tinha tudo o que desejava, exceto por ele. Não.

Por que era tudo assim tão vazio, tão desimportante? Estava tudo errado, tudo artificial. O problema devia ser com ele. As calorosas mãos femininas o abraçavam e lhe sussurravam palavras mudas que o acalmavam. Uma lágrima chegou a ameaçar cair quando assumiu: eu estou desencontrado na vida. Talvez por isso não conseguia encontrá-la. Ela. Esmeralda, Cristina. Queria fazer sentido para viver; precisava fazer sentido para viver e para fazê-la viver.

Respirou fundo e tentou chamá-la pelo nome que não tinha. Rosana. Não conseguiu. Tentou pensar em outra história para sua vida triste. Falhou novamente. Começou a andar em círculos pelo quarto. A sombra da moça ajoelhada na cama encarando-o ainda o perseguia através dos olhos fechados. No canto perto da porta, o homem encostado na parede, fumando um cigarro, esboçando um sorriso no rosto coberto pelo véu da falta de imaginação.

Os dois deviam se amar. Era o que o destino lhes previra, soube disso. E então as duas sombras se tocaram. Desejo sempre seria a motivação maior. Seu nome poderia ser João, como todos os garotos de todas as outras histórias. E o conflito talvez não pertencesse a sua narrativa no fim das contas.

A angústia lhe tomava o corpo enquanto os dois completavam-se um ao outro atrás dele. Sua barba roçava no pescoço nu. Pele com pele, calor, calor. Sua voz rouca e suave dizendo que sim, amava. Seu contato ardia anunciando em voz gritada a intensidade do que sentia, do que eu sentia. Assim viviam entre mundos, entre verdades, em desejo solitário e compartido, compartilhado. Assim vivíamos nós. Dançando, para mim, por mim, por ele, por ela. Apenas dançavam agora, tentando se encontrar juntos, descobrir seus nomes, suas histórias. Mas é tudo tão impossível, frustrou-se e encarou-os. Me diga o que escrever, me deixe fazer sentido. Seus olhos eram violentos e me encaravam desiguais. Meu olhar era fixo, vidrado, pulsando de desejo. Tua mão forte segurava meu corpo dizendo em voz alta a luxuriosa vontade que tinha. Vontade de amar, de ser contigo. Já não sabia mais quem era ou quem dizia ou o que mais houvesse nessa perversão verborrágica que me arrastava e me perdia. No momento em que finalmente fizesse sentido, morreria, porque ter sentido é algo grande demais para o vazio humano. Sabendo disso, perguntou, perguntei:

– Qual é o seu nome?

Chegou mais perto em resposta. O toque que me afagava o rosto era desumano, me aquecia, me vivia quando eu não mais podia ousar viver.

– Me deixa ser.

Ouvi sua voz clara e acordei em meio a papéis em branco, úmidos do suor dos sonhos, do pensamento. Escreveu as primeiras palavras violentamente. Escrevi:

Passara quase a noite toda tentando escrever. Sentia

REFLORESCÊNCIA

Levantou-se cedo naquela manhã morna. Era domingo, não tinha para onde ir, acordou apenas porque se sentiria muito inútil não levantando da cama. E mesmo assim levantar-se era um desafio. Deve ter passado meia hora entre abrir os olhos e colocar os pés no chão. No calor do impulso, quis fingir vaidade e até arriscou uma olhada no espelho que ficava bem em frente a sua cama, numa velha penteadeira herdada da avó. Viu-se então dividida em si mesma. Frag-men-ta-da.

Diante de si, o espelho partiu-se em mil pequenos pedaços brilhantes, pequeninos refletores de vida em cores. Estava dividida, sentia, em todos os aspectos. Era como se o ato de se olhar no espelho tivesse quebrado o refletor interno que existia nela, que mantinha sua própria imagem inteira, agora feita em mil pedaços e sete anos de azar.

Tudo começava com o espelho lhe mostrando o que não queria ver, o que não precisava ver. Não gostava de nada daquilo. A cada centímetro que olhava no reflexo, outro pedaço se partia. Não havia poesia em suas imperfeições, talvez porque fossem tantas, e tão absurdas. Era como se houvesse duas versões de si mesma. A que via e a que sentia agora. Não sabia qual estava na pior situação.

Era como se um oráculo lhe dissesse as palavras erradas quando perguntasse: e agora? Agora isso vai te destruir, você vai se destruir. Mas diria tudo com uma calma abrasadora, calma de oráculo, de quem tem urgência sem desespero, voz cheia de mistérios e lirismos. E o espelho talvez se partisse de novo em um ensaiado grand finale com direito a fumaça de gelo-seco.

Queria que alguém lhe dissesse o que sentir, porque a fragmentação de si destruíra as possibilidades de toda a sua vida. Deitou-se então, sem saber o que fazer. E levantou-se inquieta. Passou pelo menos dez minutos assim, tentando entreter-se com o deitar-levantar-deitar-levantar ao qual estava condenada.

Algo começou a queimar ao seu redor, a manhã já não era mais morna, mas não havia sol, mormaço. Não era isso. O que queimava não era a luz ou o calor ou o am-bi-en-te. Era ela mesma, e seus mil pedaços.

Correu para o banheiro, abriu o chuveiro e lá ficou por outros dez minutos de conta-de-água-altíssima. Desligou-o impaciente, mas ainda encontrava o ar ao seu redor se movimentando lento como se olhasse em direção ao deserto, lá longe o sol e um camelo trazendo consigo um homem brando, todo coberto de tecidos e com uma mala onde dentro haveria um espelho. Outro a ser quebrado. Talvez o problema fosse mesmo ela e seu reflexo que não deveria jamais ser visto, nem por si própria. Mas por que então o espelho de dentro, de-dentro, se partira com um simples olhar. Queria enxergar dentro de si. Não órgãos, sangue, vísceras. Queria ver essência. Alma. Queria vê-la e descrevê-la. Provavelmente sairia assim: dentro de sua alma sentia a pura podridão do cheiro inconfundível de baratas mortas e sua cor era de um verde-musgo palidíssimo, meio opaco, sem brilho, sem vida. Alma-sem-vida.

E aqueles cacos todos ali no chão. Foi até a cozinha procurar uma vassoura e não encontrou. Devia estar no quintal, onde varrera as folhas mortas, caídas secas da grande árvore que agora zunia forte com o vento repentino. Mas tinha tanto medo de sair assim, frag-men-ta-da, medo de que o sol a confundisse por vampira e a queimasse, já sentia até o ar queimando o deserto. Desistiu. Voltou para o quarto e foi catando vidro por vidro, pequenos fragmentos de espelho, de si. Fez tudo isso de olhos fechados com medo de partir-se de novo. Acabou cortando um ou outro dedo. O sangue escorria leve de sua pele negra, pálida pelo processo de frag-men-ta-ção. Recolheu tudo, jogou fora. Abriu os olhos. Continuava igual.

O que leva alguém a se dividir em mil partes de si mesma? Perguntou-se até mesmo em voz alta como quem exige resposta, talvez de algum deus. Olá, tem alguém aí? Me responde, por favor. Deus? Iemanjá? Nossa Senhora? Talvez devesse visitar a igreja, o terreiro, a procissão, a catedral, Notre-Dame, lembrou-se da velha história. O corcunda não saía da catedral, coitado, tão feio, tão assim dividido, frag-men-ta-do pelas belezas de um mundo não belo que o sufocava. Ela mesma sempre gostou dele, até se identificava um pouco.

Talvez fosse como o corcunda: quasímoda. Em toda a sua vida, na verdade desde uns cinco anos atrás, quis sempre se sentir mocinha romântica que sofre condenada, mas sofre vivendo o calor vibrante da paixão errada. Sentia o calor ao seu redor, mas não havia paixão certa ou errada, apenas fragmentos. Tomada pela revolta que assola aqueles de alma partida, ameaçou por um instante ir até o banheiro e se olhar no espelho novamente. Não. Sabia o que veria. Mal amada, mal acabada, mal conjugada, malquista. Ficou imóvel. Se desgostava. No seu prato de caviar, havia salsichas. Mas eu não tô com fome. O que é esse pensamento que gira e gira, e roda e roda, anda, anda, vai pelo caminho torto depois volta pro mesmo lugar e pisa no caco de vidro que, merda!, esqueceu de recolher. Foi jogá-lo no lixo do banheiro. Lá ainda havia espelho, então permaneceu olhando pra baixo, com um medo agudo e até com certa coragem.

Pensou que se quebrasse este outro espelho de fora, se veria novamente in-tei-ra. Talvez. Ou então nada aconteceria, só mais sete anos de azar, sete e sete são catorze com mais sete vinte-e-um, como é mesmo o resto? Ah, ela não tem namorado ou não gosta de nenhum, não me lembro. E que importa? Falava do espelho e da necessidade de ser inteira. Distraiu-se. Num ato então assombroso, a TV ligou-se sozinha como em filme de terror. Rezou, ela que não era de rezar, rezou para que fosse espírito do mal, sonho ruim, qualquer coisa menos a verdade, poltergeist. Mas era um filme que se chamava assim: Sua Vida.

A protagonista estava milagrosamente inteira. Grande atriz, fingia a vida como ninguém. And the Oscar goes to... Odiava pegar filme começado, mesmo que fosse um filme assim tão ruim. Adorava filmes ruins. Nesta história fictícia de si tinha um par romântico com quem só trocaria um beijo apaixonado no minuto final. Talvez fosse assim na vida também, mas por que ter esperanças?

A cena seguinte era numa rua escura, suspeita, te-ne-bro-sa. A mocinha tentava dar partida em seu carro, mas ele não queria funcionar. Começou a ser tomada por desespero, medo, essa rua suspeita, o que vai acontecer, assalto, roubo, morte, estupro. Nada. Ela ficou lá, dentro do carro, esperando. O dia amanheceu e ela continuou lá, impotente, sem sair do veículo, sem tentar novamente fazê-lo andar. Ficou. Talvez algo surpreendente acontecesse em seguida, mas preferiu desligar a TV.

Era um retrato fiel da realidade. A vida imita a arte que imita a vida que imita a arte que imita. E nada muda. Precisava de muitas coisas, na verdade; mudança era só uma delas. Outra era ter esses momentos, mesmo que pequenos, de revelações surpreendentes. Queria entender a vida, mesmo que por um pequeno momento.

Talvez fosse isso, talvez o espelho partido fosse seu momento, sua chance epifânica de entender a vida. Mas estava tudo ali, tudo acontecendo, acontecido há um bom tempo, nossa, já são seis da tarde. E então? Foi em passos firmes até o banheiro e arriscou o espelho.

Olhou-se novamente. Inteira. E sorriu para o reflexo que a encarava. Sua boca se abriu mais e ela até riu, assim à toa, como riem aqueles que têm um momento de lucidez em meio à obscuridade da vida que os cercam. Riu e entendeu que era mesmo preciso quebrar o espelho. Cada pedaço a tornava inteira. Sorriu de novo. Não havia mais cacos no chão, talvez fosse um sonho, nada aconteceu. O celular tocou, a amiga chamando pra sair. Vamos sim, deixa só eu me arrumar.

Se tivesse ficado pra ver o final do filme, veria o carro funcionando, a mocinha saindo pela estrada, vivendo todos os clichês que ela tanto ama e tanto odeia. Mas ela não ficou pra ver, foi lá, foi ser in-tei-ra.

O ELEFANTE

Abriu os olhos e encarou o teto frio do seu quarto. Exatamente na direção de seu joelho direito ficava o lustre velho com poeira incrustada que iluminava porcamente o cômodo. Se olhasse com mais força e cuidado, talvez enxergasse a teia de aranha que ligava a luz ao canto do teto, por onde a aranha passeava em busca de alimento em um lugar mais feliz que ali. Jonas tinha costume de dar nomes aos pertences do seu quarto desde criança. Todas as aranhas chamavam-se Augusta, as lagartixas que as devoravam eram todas Johnny.

– Bom dia, Johnny – cumprimentou o animal que se dirigia ao café da manhã. Saiu meio cambaleando, sonolento, com remelas nos olhos, bocejando, tudo preguiçosamente ao mesmo tempo. Foi ao banheiro, tocou o chão gelado com os pés descalços, lavou o rosto e tentou tirar-lhe o sono, levantou a tampa da privada, urinou, escovou os dentes, ficou se olhando no espelho por exatos quarenta e oito segundos sem piscar e, finalmente, lembrou-se. Feliz aniversário.

Pensou em tudo o que gostaria de fazer nesse dia tão mas tão especial que mal se lembrara. Pensou nos desagrados de sua vida. Jonas não era mais uma criança, embora às vezes agisse como uma. É que pensava que as crianças tinham um jeito meio bobo e todo especial que fazia as coisas ficarem meio bobas e especiais. Infelizmente (ou felizmente) não entendia que isso dava certo porque eram ingênuas, e de ingenuidade ele não tinha mais nada, tanto é que até sabia o quão na merda estava.

Foi se vestindo e listando mentalmente todas as coisas ruins que já fizera em sua vida desde quando podia se lembrar até ontem à noite, quando ainda era um homem irregular de vinte e nove anos. Puxou o cabelo da Anita, dedurou o Marcinho, roubou um pirulito, xingou a mãe da Júlia, empurrou o Alberto, falou mal do outro Jonas só porque ele tinha esse nome, falou bem de si mesmo com mentiras, traiu a primeira namorada, e a segunda, fez dívidas, brigou com a mãe, brigou com o pai, mais dívidas, brigou com a namorada, com o vizinho, o chefe... continuou listando por mais uns vinte minutos, obviamente omitindo para si mesmo as coisas que não ousava repensar de tão ruins que eram.

Estava completamente vestido, mas não queria sair. Olhou então pela janela e viu a rua tão quieta quanto deveria estar a essa hora da manhã. Aliás, por que diabos acordara tão cedo? Não tinha que trabalhar hoje, era sábado. Devia acordar tarde, festejar à noite, fazer outras coisas para se arrepender depois. Mas já tinha acordado e, como vovó dizia, agora Inês é morta. Então voltou ao que estava fazendo antes: coisas para fazer no seu dia. Qualquer absurdo valeria, por exemplo, poderia ligar para um número aleatório dos seus contatos e dizer que amava aquela pessoa, ou então podia ir ao circo e juntar-se aos palhaços e equilibristas, onde pensava pertencer.

Imagina que bizarro se agora, de repente, um elefante aparecesse aqui na rua, riu. E ouviu. Os passos arrebatadores e o som insuportável de um animal de muitas toneladas caminhando alegremente pela Rua dos Embaixadores. Olha só, mamãe, o Dumbo!, diria o vizinho. Mas não disse, porque não havia elefante. Pensou no quanto o mundo real era irreal para ele, aniversariante de sonhos impossíveis. Talvez ter um elefante fosse o seu sonho maior. Bufou, como um elefante bufaria, e saiu levemente irritado com a impossibilidade elefantina.

Caminhava com passos largos, pomposos e irritantemente rápidos. Pegou o ônibus e depois de mais minutos do que pretendia, chegou à estação de trem. Começara a chover; não estava forte, era uma chuva que queria imitar garoa. A plataforma estava meio escorregadia e imaginou que estranho seria se caísse ali, nos trilhos. Não pensava que tinha fome suicida de se jogar, mas pensou o que aconteceria se caísse. Será que ficaria lá, morrendo, se lamentando, esperando enfim um elefante indiano vir buscá-lo e levá-lo para um-lugar-melhor. Não, o elefante não viria.

De onde vinha essa obsessão com o pobre animal? Nem ele

sabia e agora se questionava. Uma vez, quando tinha sete anos, perguntou assim pra mãe: Mãe, eu posso ter um elefante de estimação? Não, não pode. Acho que nunca aceitou bem essa ideia; pensara que sim, mas, pelo dia de hoje, diria que não.

Pegou o trem, saiu dele, saiu da estação, saiu de si. Estava na calçada, do outro lado da rua quando pensou no quão engraçado seria, quase idiota, se fosse atropelado bem ali na esquina chuvosa. Por um carro, um ônibus, um caminhão, uma carroça dirigida por elefantes... qualquer coisa. Talvez houvesse alguma dignidade em terminar seus dias assim, escancarado no chão. Mas nada disso estava melhorando o seu dia, muito pelo contrário: só conseguiu pensar no quanto a presença do elefante imaginário fazia falta em sua vida. E a meio passo da entrada do shopping, onde compraria seu próprio e esperado presente, mudou de ideia e foi a caminho do zoológico.

Entrou lá e soube que todos os elefantes haviam sido levados de volta para a Ásia ou a África, bem longe dali. Ficou passeando ainda mais uns minutos entre os animais e imaginou todos eles soltos, correndo em todas as direções, devorando cabeças, corpos, almas e vozes. Será que o devorariam também? A resposta verdadeira nunca saberia, mas arriscaria um sim, se o perguntassem de novo.

Voltou pra casa, já cansado, já quase noite. Não havia recado para ele em lugar nenhum, e ainda meio sujo, meio molhado de suor, estirou-se sobre a cama e tentou esvaziar a mente por uns breves segundos. É mais difícil fazer do que falar ou escrever, mas ele foi bem-sucedido dessa vez. Boa noite, Johnny. E dormiu.

Acordou muitas horas depois, no auge de seus trinta anos, com os olhos ameaçados pelo sol. A claridade que de alguma forma adentrou seu quarto lhe permitiu clareza. Não só da vista, do pensamento, da alma. Não encontrou lagartixa nem aranha nem nada, todos escondidos da luz absurda que lhe cegava. Havia uma pequena fresta da janela aberta abrindo uma passagem para o anúncio da manhã.

Levantou-se rotineiro, domingo era sempre tédio. A meio passo da cafeteira sentiu o chão tremer. Esfregou os olhos pra ver se acordava de verdade. Tremeu de novo. Mas que? Tremor. O movimento era abafado, surdo, o vizinho disse: Mamãe, olha o Dumbo! E então ouviu. E viu.

Um elefante enorme desfilava pela rua. Seu andar era ao mesmo tempo altivo e grotesco. Sua pele grossa mostrava resistência e, enquanto suas orelhas balançavam com seu andar, sua tromba levitava anunciando sua passagem. O barulho que fazia era um chamado para Jonas e ele o atendeu. Foi para a rua com a roupa ainda suja do dia anterior. Assim que apareceu, o elefante parou. Se pudesse falar alguma língua humana, lhe diria alguma mensagem positiva a respeito da vida, dos seus trinta anos, o parabenizaria mesmo com algumas horas de atraso e cantaria para ele alguma canção que o fizesse chorar. Como não podia dizer tudo, apenas encarou-o com seus grandes olhos negros, que espelhavam Jonas em sua ínfima glória e acariciavam seu rosto dizendo que tudo ia ficar bem.

O elefante então seguiu seu caminho. Se entendesse de bichos, diria que ele passou o resto de sua vida animal pensando naquele homem que morava na casa amarela, pobre rapaz, obcecado por elefantes quando na verdade devia pensar em si. Ele mesmo em sua vida lá na África se esquecia de pensar em si. Talvez não tenha mesmo se esquecido de Jonas, não é o que dizem sobre os elefantes e suas memórias?

Jonas passou o resto de sua vida se perguntando se um elefante havia mesmo aparecido ali e olhado para ele. Não ousou jamais confirmar a história, pois o choque da possibilidade de não ter acontecido o destruiria. Tanta vida em um único momento, em um olhar elefantino.

Lembrou-se de quando era pequeno e fora com os pais ao zoológico. Observava hipnotizado o elefante que apenas era, ou tentava ser, ali naquele espaço pequeno demais. Atrás dele, os pais, o irmão mais velho, todos juntos olhando o glorioso animal solitário, todos apenas sendo, ali do lado de fora daquela pequena grande jaula. Seu irmão ainda era saudável, seus pais ainda se amavam, seu mundo era todo perfeito em sua inocente redoma infantil. E ainda havia aquele deslumbramento animalesco com a doce fera selvagem, tão maior que todos eles juntos.

De todos naquela cena, o único com o qual ainda poderia contar era o elefante, o único que ficara depois de tudo, que suportara a vida todos esses anos, que suportara com ele o peso de estar sozinho. De todos, o elefante ainda era. De todos, Jonas ainda tentava ser.

INTERLÚDIO

Ele morrera. E naquele mesmo dia eu parara de viver; agora apenas existia. Por algum milagre, consegui dar passos suficientes para ir da porta de entrada até o quarto. Se conseguiria sair dali, apenas os anos diriam. Naquele momento, olhei-me no espelho e me arrependi logo em seguida. Não vi quem esperava no reflexo. Mas era eu. E quem eu menos queria ver era aquela pessoa. Desatei a chorar, agora com motivo, talvez pela primeira vez. Colocar em palavras não é fácil, mas naquela noite eu tentei, frustrado, como em toda a vida.

Decidi que não mais choraria. Não fui bem sucedido, como se pode observar pelo inchaço dos meus olhos, tão vermelhos quanto se é possível. Quase como se nem mesmo o sangue suportasse essa carcaça sem propósito que eu agora chamava de corpo e quisesse esvair-se. Por que eu não conseguia parar de chorar?

Ele entrou e perguntou: O que foi? Nada, eu sempre dizia nada. Talvez fosse esse o problema: nada ou a ausência de alguma coisa. Que diabos de vazio é esse? Foi porque ele morreu e eu estava aqui? Mas quem morreu? Já nem lembro mais, já se foram tantas horas, tantos dias... Se pelo menos eu pudesse olhar para seu rosto mais uma vez. Mas o espelho disse que não: não há mais vida, apenas existência.

Encerrei minha noite jogado na cama, pensando no nada e nele. Esse seja-lá-quem-for e esse seja-lá-o-que quase não me deixaram dormir e, quando acordei, ainda estavam lá me encarando, sem rosto e sem voz, apenas coisa. O espelho ainda estava lá, e a cama, e ele, que não me olhava, apenas dormia. Será que sonhava? Talvez se eu ficasse quieto o suficiente, poderia ouvir os sonhos que ele tinha e eu não. Silêncio. Frustrado novamente. Sonhos não eram mais pra mim, não enquanto um par de olhos me encarava na mais pura ausência de vida.

Ainda me lembro do último sonho que tive, era sobre nada e eu estava num mundo diferente. Um mundo onde o céu não era azul, onde o sol era a lua e a lua era o sol. Nesse lugar tão estranho, havia uma casa. Era azul e não tinha portas, só uma janela. O telhado era de vidro e a lua-que-era-o-sol iluminava tudo o que havia dentro. Dentro da casa não havia quadros, não havia TV, não havia sofás. Havia uma cadeira, um fogão e uma lata de lixo. A lata de lixo estava cheia não sei bem do quê, mas não cheirava bem. Quando o sol-que-era-a-lua começou a brilhar no céu escuro que não era azul, alguém apareceu lá fora. Lá fora não tinha jardim, não tinha cachorro, nem gato. Lá fora tinha só o nada. O nada e alguém. Fui perguntar quem era, mas alguém sumiu. Fiquei andando pelo nada, mas não tinha nada no nada, então voltei. Ou pelo menos tentei voltar. Só via o nada. Mas aí eu achei alguma coisa. Alguma coisa no meio do nada. Era um lápis. Não tinha papel, mas tinha o nada. Escrevi, desenhei, rabisquei e o nada virou tudo e qualquer coisa. A ponta quebrou e eu parei. Agora não tinha nada, tinha tudo. Mas não tinha ninguém, só eu. Achei a casa e desejei outro lápis pra desenhar uma porta, mas nada aconteceu. Nada. Sempre nada. Parecia até minha vida de acordado. Nada e ninguém. Então eu acordei e estava numa casa com porta, TV, sofá e geladeira. Mas era como se não tivesse nada. Nada, porque não tinha ninguém. Só o nada, ninguém e eu. Talvez fizesse sentido eu não poder mais sonhar. Apenas dormia.

Sete-dias-e-oito-horas depois, acordei cansado: O que você quer? Esperei pela resposta por longos meses até que desisti. Quando a recebi pelo correio, senti medo. "Eu te amo". Ele voltaria. Eu deveria esperá-lo com o medo da promessa do eu-te-amo. Mas ele não morreu? Alguém morreu, disso eu lembro. Teria sido eu? Ou outro alguém? Não sei, desisto. Seja lá quem for, o tempo de luto havia acabado. E quanto a mim, não havia espaço para roupas pretas e sofrimento – eu já tive o bastante. E agora isso.

Como alguém que só existe reage a um Eu-te-amo? Assim, com medo do que fazer depois. Por que só quem vive pode amar, quem existe está condenado ao medo e à frustração. Perguntei àquele que me assombrava: O QUE VOCÊ QUER?, gritei porque o desespero me era permitido. E naquele momento em que a verdadeira exaustão me atingiu eu o vi indo embora, sem resposta. Novamente nada, desta vez nem mesmo verbalizado por mim. Talvez fosse o meu destino, se é que eu acredito nesse tipo de coisa, porque só os viventes podem acreditar. E eu apenas existo.

Olhei para o relógio como quem pede socorro e vi as horas de dois meses depois. Ele chegou, eu abri a porta. Não sei dizer quem ou o quê ou se vi. Mas vi. As suas palavras me cegaram por dentro e me desabaram. Meu corpo jazia no tapete que devia ter sido lavado há semanas, enquanto minha alma se arrastava pela sala tentando fugir dele, da visão assombrosa, do Eu-te-amo. Em um instante de desespero, ofeguei e voltei a mim. Levantei e o encarei. Ele havia entrado e se sentara na poltrona mais confortável ao lado do relógio, que agora havia avançado por outros dias.

Nós precisamos conversar. Precisamos. Então sente-se, me diga... Eu-também-te-amo. Não, não é bem isso... Por que você...? Eu apenas... Eu não quero você aqui. Eu sei, eu também não queria. Mas eu nem sei quem é você direito, só não te quero. Tá tudo bem, eu-te-amo.

Era como se todos os relógios tivessem sido trocados por enormes ampulhetas, com areias amarelas, meio sujas, impuras como a sua visão, como o seu reflexo. Os grãos continuavam a cair. Suspeitava que aquela que estava no centro da sala correspondia a um ano inteiro, e quando o último grão tocou o outro lado, tomei coragem:

Mas você sou eu... não é? Sim, sou. Mas... Sim.

Luz do sol entrou pela janela da sala e, conforme ela tocava sua superfície de vidro, as ampulhetas se partiam, levando consigo o tempo perdido em existência minha.

Você... vive?

Ele não respondeu, apenas encarou. Se fosse realmente eu, não viveria, estaria condenado a respirar, a chorar, a sentir angústia, a apenas existir. E então sorriu, coisa que eu jamais pudera. Foi horrível a visão daquela boca grotesca expressando felicidade, sentimento, alegria, gozo, vida.

Eu viveria.

Levantei, finalmente. Fui tentando me aproximar lentamente, queria tocá-lo.

Segura na minha mão.

Apertei seus dedos com força. Uma lágrima correu pelo meu rosto, como uma última vítima livre, mas ela não seria a última, esta jamais haveria, jamais existiria. Viveria.

A DOENÇA HUMANA

Eu estava sentado e quieto, sempre quieto, quando ela entrou na sala de espera. Seu andar era bizarro como sua voz ao pedir licença, sua pele era de uma sensualidade econômica e monumentos em sua homenagem jamais seriam erguidos. O cabelo todo emaranhado dizia mais do que lhe parecia. E a cara, bem... a cara era de doente mesmo. Não doente de gripe-catapora-tuberculose-câncer-aids, doente de pessoa-doente, ou doente-pessoa.

Talvez seja difícil de entender, de imaginar sua cara esbugalhada, mas a questão é que ela era toda errada... e doente. Talvez nem fosse mesmo, mas parecia e isso era mais que suficiente pra me arrepiar a alma gélida. Os olhos afundados nas olheiras, a boca murcha feito flor morta, a palidez cegante, todas agora me encaravam em desafio.

Para minha surpresa, ela sentou-se ao lado de alguém conhecido que gostava dela e não parecia doente. Segurou-lhe a mão. Ódio, inveja, chame do que quiser. Ela era doente e mais feliz que eu. Era amada, desejada, alguém a chamava de "amor". Eu vivia nessa solidão burra e insolente e gastava as horas do meu dia encarando meninas doentes e erradas.

A questão é que ninguém me fez assim, eu nasci apenas. Bem simples, sem graça mesmo. Não tão sem graça quanto ela, mas talvez quase tão desgraçado. Perguntei-me quem ousaria gerar tal criatura e acabei sem resposta, como das outras vezes em que fizera perguntas impossíveis.

Será que alguém a fizera assim? Seria tudo um plano divino de um deus impiedoso? Até mesmo a doença? Mas que doença, afinal? Acabei indo até a biblioteca pra tentar descobrir o mal que afetava a menina. Horas e livros depois, quase desisti, mas ainda restava um último e surrado exemplar na prateleira das doenças incuráveis. "A doença humana" lia-se na capa. Ele era todo velho, talvez tenha sido escrito há mais de um século, não havia data, mas de suas páginas amareladas exalava um aspecto de sabedoria antiga. Talvez estivesse no local errado, provavelmente havia sido movido da seção de obras raras. Fui virando a página com cuidado, medo de destruir aquilo. Medo de aquilo me destruir. O conteúdo de suas páginas foi mais do que eu queria saber.

Fechei o livro depois de folheá-lo rapidamente, saí apressado da biblioteca levando-o comigo, deixando para trás o alarme e os gritos. Jamais o devolveria, soube. Passei as madrugadas seguintes examinando-o, perplexo. Ele me dizia coisas que eu não ousaria dizer, mas que no fundo já sabia, pois sou humano e carrego a doença.

Especula-se que 90% da população humana seja portadora, mas em alguns casos não há manifestação. É tudo terrível demais para que eu repita agora; não quero te contaminar. Direi apenas o essencial:

A doença existe.

Não ousei revelar a ninguém o conteúdo daquele livro ou a sua existência, mesmo que cada letra lá contida tenha me assombrado a alma nos últimos anos. Cada caso, pedaço de história, tudo me dizia tanto e ainda me faltava a profilaxia. Ninguém nunca soube que eu tenho a doença. É um acordo comum e silencioso entre os portadores: jamais mencionar. Não havia tratamentos, não havia esperança, o que havia era se conformar com tudo.

Pode-se dizer que eu fingi muito bem, cumpri meu papel de cidadão silencioso, consciente de si durante todos esses anos. Claro, não poderia ser diferente, imagina se todos soubessem que um mal desse tipo existe. Na verdade, não foi difícil fingir. Foi Pessoa quem disse que o poeta é um fingidor. E eu também sou. Não me entenda por poeta; finjo porque não sei nada sobre verdades. E quando finalmente soube uma, foi decidido que a enterraria em meu metafórico cemitério de segredos.

E assim seguiu-se a vida. Um hiato de 39 anos separa o dia em que a conheci da segunda e última vez em que encontrei a menina com cara de doente. Ela já não era uma menina, mas tinha a mesma cara. No instante em que a vi, percebi. Foi uma percepção singular de mim, uma da qual me orgulho, da qual me assombro. A doença dela não era a minha. Era um outro mal, um mal bom, tão diferente. Um que não consome e não mata, apenas cria e devolve em pequenas esperanças sintomáticas. Como entendi isso foi um mistério pra mim, mas às vezes a gente sabe, mesmo que sem saber. Alguns podem dizer que me enganei, mas soube. E ainda sei. Até atrevi-me, naquele momento de espanto, a ir conversar com ela no elevador.

— Parece que vai chover, né?

— É, acho que vai.

O lugar onde estávamos já não me lembro, muito menos se choveu de fato naquele dia. O elevador se abriu e eu a segurei pela mão. Por favor, não vá. Ela me olhou, levemente assustada, e então sorriu um sorriso de não posso, tenho que ir, todos temos. Ela se foi, a porta se fechou e o elevador voltou a andar. Eu fiquei ali pensando, encostado no frio vidro espelhado, pensando na sua habilidade de sorrir, algo tão perdido. A doença dela era bonita, fazia ela ser bonita. O sorriso ficou na minha mente. Imaginei o que a teria levado até ali. Teria ela se curado da doença e aquele seria apenas o rosto de alguém saudável? Não sei, nunca soube, apenas imagino se...

Meu nome é Ana Cláudia, sem sobrenome, e fui diagnosticada com a doença aos nove anos. Eu estava brincando no jardim da tia Madalena e lá tinha uma roseira bem bonita. O encanto que senti pela vermelhidão quase sanguínea foi tanto que tive que tocar uma rosa. Toquei. O espinho perfurou levemente meu dedo indicador, foi o suficiente para que uma gota de sangue se derramasse pela minha pele ressecada. Não chorei, não havia motivo, mas fiquei assustada e fui correndo falar com a tia, que foi logo buscar um esparadrapo pra fazer um curativo, toda preocupada. A vizinha, dona Margarida, estava lá tomando um cafezinho. Quando ficamos sozinhas, ela chegou perto do meu ouvido e disse assim: não precisa ter medo, mas você tem a doença. E desde então sofri com o silêncio. Os doentes não compartilham o que sabem, ela apenas me contou porque tinha dó de mim e porque a doença já havia consumido tudo que restava dela; soube da sua morte poucos dias depois. Te conto isso porque não quero também que se assuste. Eu segui o conselho de dona Margarida e vivi bem, conformadíssima que era doente e que meu fim seria igual o dela. Aprendi a sorrir por volta dos onze anos, tive recaídas, mas sigo assim. Doente. Como todos nós, ou quase todos nós. Ninguém sabe mesmo com certeza, porque todos estamos fadados à quietude secreta do não compartilhamento de diagnósticos. Acho até que alguém escreveu um livro sobre isso, encontrei-o uma vez numa biblioteca que tinha lá no bairro onde eu morava. Era todo velho e empoeirado, só me lembro disso, não me lembro de seu conteúdo, talvez devesse voltar lá e relê-lo, ou o faria se pudesse, porque o prédio agora é um shopping center. Fico me perguntando o que fizeram com os livros de lá. De uma coisa, na verdade, me lembro, algo que ficou marcado em mim, mas a memória está falhando, ressecada pelos efeitos da efemeridade. Era algo sobre diferentes versões do mesmo mal e que o desenvolvimento da doença dependia de cada um e do que faziam. Eu nem devia estar falando disso, mas já não me importo mais com o segredo, já devo estar perto do fim, como dona Margarida estava.

O elevador abriu-se de novo e era meu andar. Tinha uma consulta com um psicólogo recomendado por uma colega. Não conseguia parar de pensar nela. Não na colega, na menina. É que me pareceu tão absurdo o sorriso dela, a capacidade dela de

— O doutor Giovanni irá recebê-lo em um instante.

Nunca fui a um psicólogo, mas dizem que faz bem para a alma, que ajuda a entender, a descobrir coisas. O que isso significa eu não sei, tinha até medo, pois sabia demais. Entrei na sala dele, apreensivo, esperando que ele iniciasse a conversa, eu não sabia nem por onde começar. Começou. E terminou. Em algum ponto daqueles cinquenta minutos, eu comecei a falar, interrompido apenas quando ele disse:

— E o que falta pra você?

— Uma resposta.

— Sobre?

— É que... – hesitei – Doutor, eu... Eu tenho a doença.

Seus olhos encararam-me com terror por um instante mínimo e depois voltaram ao normal. O código universal do silêncio havia sido quebrado.

— Eu não sei a que doença o senhor se refere, mas nosso tempo acabou.

Talvez naquela noite os homens fardados entrassem sorrateiramente em meu apartamento de pouco luxo e me levassem para onde mantinham todos os enfermos deste mundo que não conseguem manter o que sabem para si mesmos. A visão de passar os restos de meus dias na casa verde foi interrompida quando uma senhora que devia estar nos seu setenta e tantos anos me parou na rua. Sua aparência era horrenda, seu cheiro era desagradabilíssimo e sua voz soava rouca. Perguntei o que ela queria e sua única resposta foi:

— Não se preocupe meu filho, somos todos doentes.

Ela saiu andando e eu fiquei ali parado pelo que deve ter sido dois minutos, mas pareceram longas horas, talvez dias. Cheguei em casa e ninguém jamais me prendeu. Escrevo agora, com anos me separando do primeiro encontro com a menina e outros tantos do encontro com a mendiga na saída do consultório, como se uma leve esperança houvesse pairado sobre mim. Hoje aprendi a sorrir, aprendi que o mal da menina era finalmente entender a doença e sorrir com ela. Era um mal melhor que o meu. Jamais a encontrei de novo, apenas imagino o que aconteceu. Minha esperança é a de que tenha finalmente encontrado a cura por todos nós e que tenha conseguido viver saudável, de um jeito que eu jamais pude.